오늘부터 내 맘대로 살겠습니다

오늘부터 내 맘대로 살겠습니다

행복한 삶을 만드는 17가지 질문들

미리안 골덴베르그

박미경 옮김

청미래

LIBERDADE, FELICIDADE E FODA-SE
by Mirian Goldenberg
Copyright © 2019 by Mirian Goldenberg
Korean language edition copyright © 2021 by Cheongmirae Publishing Company.
Korean language edition published in agreement with Villas-Boas & Moss Agência
Literária, through Milkwood Agency.

역자 박미경(朴媄敬)
고려대학교 영문학과를 졸업하고 건국대학교 교육대학원에서 교육학 석사
학위를 취득했다. 외국 항공사 승무원, 법률 회사 비서, 영어 강사 등을 거쳐
바른번역에서 전문 출판번역가이자 글밥아카데미 강사로 활동하고 있다.
옮긴 책으로 『움직임의 힘』, 『인생의 마지막 순간에서』, 『나를 바꾸는 인생의
마법』, 『프랑스 여자는 늙지 않는다』, 『오만과 편견』, 『혼자 행복한 여자가 결
혼해도 행복하다』, 『내가 행복해지는 거절의 힘』, 『혼자 일하지 마라』 등 다수
가 있다.

오늘부터 내 맘대로 살겠습니다
행복한 삶을 만드는 17가지 질문들

저자/미리안 골덴베르그
역자/박미경
발행처/도서출판 청미래
발행인/김실
주소/서울시 용산구 서빙고로 67, 파크타워 103동 1003호
전화/02 · 739 · 1661
팩시밀리/02 · 723 · 4591
홈페이지/www.cheongmirae.co.kr
전자우편/cheongmirae@hotmail.com
등록번호/1-2623
등록일/2000. 1. 18
초판 1쇄 발행일/2021. 2. 2

값/뒤표지에 쓰여 있음

ISBN 978-89-86836-73-8   03890

차례

1

행복해지고 싶나요?

이 책을 집필할 당시 나는 일에 치여 살면서도 참으로 신나고 즐거웠다. 몇 달간 각종 자료와 논문과 책을 뒤지고 수많은 사람들을 인터뷰하면서 나의 '행복 인류학'을 차근차근 완성해나갔다.

지금까지 나는 18-98세의 남녀 5,000명을 인터뷰했다. 이 책의 집필을 시작할 때만 해도 인터뷰 결과만을 발표할지, 아니면 행복과 관련된 나의 개인적인 경험과 발견을 위주로 쓸지를 결정하지 못했다. 고민 끝에 어느 쪽도 포기하지 않고 두 방향의 접근법을 적절히 혼합하기로 마음먹었다.

시몬 드 보부아르의 말로 이 책의 서두를 장식하고 싶다. 보부아르는 우리가 살아가는 내내 변하지만 어렸을 때부터 이미 존재한 정체성을 결코 잃지 않는다고 주장했다.

우리의 정체성, 즉 뿌리는 시간이 흘러도 그대로이며 이 뿌리에서 우리의 인생 목표가 싹튼다. 과거에 기반을 둔 이 인생 목표는 우리가 평생에 걸쳐 완수해야 할 의무이다.

나의 과거와 뿌리에 깊이 빠져든 뒤에야 나는 지난 30년간 연구하고 집필해온 모든 것들이 서로 연결되어 있음을 알아차렸다. 내가 이루어낸 것들을 한데 묶는 투명한 실이 있다면, 나는 그 실을 "행복 인류학"이라고 부르고 싶다.

『그녀A Outra』에서 『벗신 노후A Bela Velhice』에 이르기까지, 행복에 관한 질문은 나의 생각과 관심의 핵심이었다. 아니, 더욱 정확히 말하자면 나의 집착의 핵심이었다. 그래서 성sex에 대해 자유분방한 태도를 보인 여배우 레일라 디니스의 인생 경로를 분석하고, 유부남의 애인들과 여성 정치 투사들을 연구했다. 아울러, 젊음과 아름다움의 문화적 기준과 신체의 사회적 구조를 논하고, 노화를 둘러싼 경험과 의견을 연구했다.

그동안 집필했던 모든 책에서, 나는 여러 세대에 걸친 남녀의 사상과 행동을 분석했다. 나의 분석 대상은 브라질 문화가 떠받드는 신체 규범에 도전하거나 그 규범에서 벗어난다고 간주되는 애정 행각으로 인한 편견과 차별을 겪은 사람들이었다.

그 사람들에게는 어떤 공통점이 있었을까?

그들은 더 자유롭고 더 행복하게 살기 위해서 현실에 맞서 싸웠다.

그동안의 모든 연구에서, 나는 우리 문화에 깔린 사상과 행동과 가치관을 더욱 잘 이해하도록 도와줄 질문들을 고안했다. 인류학은 물론이요, 정신분석학과 철학의 도움을 받아 연구 프로젝트에 필요한 질문들을 고안할 수 있었고, 아울러 나의 두려움과 괴로움과 실존적 고뇌에 관해서 균형 잡힌 관점을 얻을 수 있었다.

내 인생의 의미는 무엇일까? 더 행복해지기 위해서 나에게 필요한 것은 무엇일까? 나는 왜 남자들이 누리는 자유가 부러울까? 왜 다른 여자들과 나를 비교할까? 싫다고 말하는 것이 왜 그렇게 어려울까? 어떻게 하면 가볍고 유쾌하게 살 수 있을까? 감정을 빨아먹는 흡혈귀에게서 벗어나려면 무엇을 해야 할까? 나이 드는 것이 왜 두려울까? 나이 들었을 때 어떤 사람이 되고 무엇을 하고 싶은가? 내 인생의 목표는 무엇일까?

『탐색의 기술*A Arte de Pesquisar*』에서 썼듯이, 나는 학생들에게 올바른 질문을 고안하는 방법을 아는 것이 중요하다고 항상 가르친다. 정확한 질문을 던지는 것이 과학적인 연구의 목표를 달성하는 데에 결정적이라고 믿는다. 이는 인생의 목표를 달성하는 데에도 마찬가지이다. 보통, 어떤 문제를 깊이 따지는 데에는 좋은 질문을 구성하는 것이 해답보다 더욱 중요하다. 연구에서든 인생에서든, 올바른 질문은 우리가 풀어야 하고 또 풀고 싶어하는 문제들을 해결하는 데에 최선의 길을 제시한다.

책을 읽을 때마다 나는 표면의 의미뿐만 아니라 숨은 의미까지 파악하여 나만의 질문을 고안하려고 노력한다. 내가 읽은 책을 펼치면 여러 색깔의 펜과 연필로 쓴 메모가 깨알같이 적혀 있어서, 저자와 얼마나 열정적으로 대화를 나누었는지 고스란히 드러난다. 나는 같은 책을 여러 번 읽고, 읽을 때마다 새로운 질문을 추가한다. 대단히 흥미로운 아이디어에는 밑줄을 긋고, 저자의 주장에 의문을 제기하거나 반박하기도 한다. 또 같은 주제를 다룬 다른 저자들을 찾아보고, 나의 생각과 의문, 경험을 기록한다. 그러다 보면 페이지마다 빈 공간이 남지 않는다. 저자와 대화할 공간이 더 이상 없으면 못내 서운하다.

나는 독자들과 친밀한 대화를 나누고자 『오늘부터 내 맘대로 살겠습니다』를 집필했다. 각 장을 쓰면서 이 책을 읽는 나의 모습을 상상하다가, 의견을 적을 공간이 있으면 좋겠다는 생각이 문득 들었다. 그래서 독자가 이 책을 읽는 동안 아이디어와 생각을 기록하고 행복에 대한 각자의 질문들을 고안할 수 있도록 특별한 공간을 제공하기로 마음먹었다.

각 장의 마지막 페이지는 독자가 창의적으로 채워나갈 공간이자 나와 함께 이 책을 공동 집필해나갈 공간이다. 내가 던진 질문은 독자가 다른 질문을 도출하는 데에 필요한 자극제일 뿐이다.

이 책은 행복해지는 기술에 관한 생각을 정리하면서 나에게 가장 적절한 17가지 질문들을 모아놓은 것이다. 이 책을 읽은 모든 사람들이 자신의 행복을 찾아가는 데에 도움이 될 좋은 질문을 고안해내기를 바란다. 행복해지고 싶다면 먼저 올바른 질문을 던져야 한다!

행복해지고 싶나요?

2

지금 행복 곡선의 어디쯤에 있나요?

2017년 11월 6일, 나는 "영감을 주는 여성들"이라는 주제로 상파울루에서 열린 테드TED 강연회에 연사로 참여했다. 이 강연회의 동영상이 2018년 1월 9일 유튜브에 게시되었는데, 금세 입소문이 퍼지면서 100만 명 넘는 사람들이 이 영상을 시청했다!

그리고 놀랍게도, 상파울루 테드 강연회에서 나의 강연이 가장 유의미하고 가장 인기 있는 강연으로 꼽혔다. 이 정도의 엄청난 성공과 영향과 반향은 상상도 하지 못했다. 영상에 영어와 스페인어 자막이 제공된 덕분에 브라질 전역은 물론이요, 해외에서도 메시지가 쇄도했다. 강연에서 다룬 주제로 책을 출간했는지, 혹은 출간할 계획이 있는지 문의하는 여성들도 많았다. 그래서 나의 강연을 보고 감동적인 메시지를 보내준 모든 여성들에게 고마움을 표하고 답변을 보내고자 이 책을 쓰기로 마음먹었다.

이 책의 구성을 처음 고민할 때부터, 나는 테드 강연 내용이 모든 장을 연결하는 구심점이어야 한다고 생각했다. 그 강연이 행복에 관한 나의 성찰적인 질문을 고안하는 데에 가장 큰 자극제였기 때문이다. "노년에도 멋진 인생을 살아가는 법"이라는 제목으로 진행되었던 테드 강연의 전문을 다음에 소개한다.

노년에도 멋진 인생을 살아가는 법을 논하는 이 행사에 참여하게 되어 무척 기쁩니다. 지금부터 알려드릴 내용은 전부 제가 "신체와 노화와 행복"이라는 주제로, 18세에서 98세 사이의 남녀 5,000명을 대상으로 실시한 연구의 결과물입니다. 요즘에는 90세를 넘긴 사람들만 연구하고 있습니다.

여러분은 행복 곡선이라는 말을 들어보셨습니까?

인구 200만 명 이상인 80개 국가에서 연구를 실시한 결과, 일정한 경향이 나타났는데요. 나이가 가장 적은 사람들과 가장 많은 사람들이 가장 행복하고, 40세에서 50세 사이의 사람들이 가장 행복하지 않다고 합니다. 경제학자

오늘부터 내 맘대로 살겠습니다

들로 구성된 연구진은 행복 곡선이 U자형을 이룬다는 사실을 알아냈습니다. 우리는 인생을 막 출발했을 때 가장 행복하다가 나이를 먹으면서 점점 덜 행복해지고, 45세를 전후로 바닥을 찍은 후 다시 점점 더 행복해집니다. 나이가 많은 사람들도 건강에 문제가 없고 재정적으로나 정서적으로 안정되어 있다면 나이가 어린 사람들만큼 행복할 수 있습니다.

저도 30년 넘게 연구해온 브라질 여성들의 행복 곡선을 조사해봤는데요. 40세에서 50세 사이의 여성들이 가장 불행하고 불만스러우며 좌절하고 우울하고 힘든 것으로 나타났습니다. 그들은 주로 시간이 부족하고 정당하게 인정받지 못하며 자유롭게 살지 못한다고 불평합니다. 일부는 부족하지 않은 것이 하나도 없다고 불평합니다!

남자의 어떤 점이 가장 부러운지 물어보면, 그들은 대뜸 자유라고 대답했습니다. 다음으로 부러운 점으로는 서서 소변을 볼 수 있다는 점을 꼽았습니다. 아울러 자기 신체에 대한 자유와 성생활의 자유, 시답잖은 농담을 던지며 껄껄 웃는 자유 등 남자들의 소소한 자유로움도 부러움의 대상이었습니다.

남자들에게 여자의 어떤 점이 가장 부럽냐고 물어보면,

그들은 어깨를 으쓱하며 하나도 없다고 대답했습니다.

여자들에게 다른 여자의 어떤 점이 가장 부러운지 물어보면, 그들은 다른 여자들의 늘씬한 몸매와 미모, 젊음과 관능미가 부럽다고 대답했습니다. 그들이 탐내는 몸매는 하나같이 젊고 늘씬하고 관능적입니다. 브라질에서는 이러한 체형이 진정한 자산으로 간주되지요.

브라질 여성은 세계적으로 성형 수술, 보톡스, 머리 염색, 비만 치료제, 식욕 억제제, 수면제, 항불안제 소비를 선도하고 있습니다. 그런데도 자신의 몸매에 불만이 가장 많습니다. 늙고 뚱뚱하고 못생겼다고 느끼면 외출을 삼가고 사람들과 어울릴 기회도 피하려고 합니다. 심지어 멀쩡하게 다니던 직장도 그만두려고 합니다.

브라질 여성들이 나이 드는 것을 그토록 두려워하는 것이 전혀 이상하지 않네요. 교사인 45세의 한 여성은 이렇게 말했습니다.

"마흔이 되었을 때 내게 엄청난 위기가 닥쳐왔습니다. 늙어간다는 것이 너무 두려웠거든요. 성형 수술이나 보톡스, 필러 시술을 받아야 하나? 미니스커트와 비키니를 입어도 될까? 우스꽝스러운 아줌마로 보일까봐 늘 조심스러웠어요. 젊지도 늙지도 않은 '어정쩡한' 단계에 진입했으니, 남의 눈에 거슬리지 않으려고 '자체 검열'을 하는 거죠."

그렇다고 낙심하지는 마세요. 좋은 소식이 있으니까요. 50세가 넘으면 조금씩 좋아지기 시작합니다. 아니, 한결 좋아집니다. 행복 곡선이 다시 상승세에 접어들거든요. 60세를 넘긴 여성들은 이렇게 단언했습니다. "지금이 내 생애 최고의 단계랍니다. 이보다 더 행복했던 적이 없어요. 드디어 내 마음대로 살 수 있게 되었어요. 이렇게 자유로웠던 적이 없었다니까요."

그렇다면 이 여성들은 그토록 간절히 바라던 자유를 어떻게 쟁취했을까요? 그 비결이 뭔지 궁금하세요?

첫째, 그들은 시간이 참으로 소중한 자산임을 깨달았습니다. 이제 더는 시간을 낭비할 수도, 낭비해서도 안 됩니다. 젊은 여성은 주변 사람들을 챙기느라 정작 자신을 돌볼 시간이 없다고 불평합니다. 그러나 나이가 들면 싫다고 말할 수 있게 됩니다. 그게 뭐 어렵냐고 생각하겠지만, 사실 거절이 쉽지는 않잖아요. 그들은 자신을 돌보는 데에 시간을 쓰기 시작합니다. 싫다고 말할 줄 아는 것이 여자들에게는 진정한 혁명입니다.

다음으로, 그들은 말끔한 인생 정리에 착수합니다. 단순히 안 입는 옷이나 안 쓰는 물건을 처분한다는 뜻이 아닙니다. 물론 그런 것들도 중요하지만, 별로 어렵지는 않은 일이지요. 말끔한 인생 정리는 인생에 별 도움이 안 되는 사람들, 가령 자신을 힘들게 하고 걸핏하면 비난하고 기운 빠지게 하는 사람들을 정리한다는 뜻입니다. 당신의 감정을 빨아먹는 흡혈귀를 쳐낸다는 것입니다.

그들은 또 "신경 꺼!" 버튼을 누르는 법을 알고 있습니다. 그렇다고 아무한테나 대고 "썩 꺼져!"라거나 "남들이 어떻게 생각하든 내 알 바 아니야"라는 식으로 대하는 것은 아닙니다. 그들은 아주 고상하기 때문에 그런 험한 말을 함부로 내뱉지 않습니다. 이 버튼은 그보다는 내적인 태도라고 할 수 있습니다. 해변에서 비키니를 입었다고 사람들이 나를 우스꽝스러운 아줌마로 생각할까? 신경 꺼! 미니스커트를 즐겨 입는다고 사람들이 나를 천박하게 생각할까? 신경 꺼! 젊은 남자와 사귄다고 사람들이 나를 정신 나간 여자라고 생각할까? 신경 꺼! 이 "신경 꺼!"라는 내적인 태도는 당신을 자유롭게 해줍니다. 한번 시도해보고 싶지 않으세요?

그들은 또 친구의 중요성을 강조했습니다. 친구들은 우리를 아끼고 배려합니다. 우리 말에 귀를 기울이고 다정하게 이야기하며, 우리를 병원에 데려다주고 날마다 전화해서 안부를 묻습니다. 그들은 남편이나 자식들, 손자들 이 야기보다 친구들 이야기를 훨씬 더 많이 했습니다. "나이 들었을 때 누가 돌봐줄까요?"라고 질문했을 때, 그들의 첫 번째 답변은 '나 자신'이었고 다음이 '친구들'이었습니다. 그런데 같은 질문을 남자들에게 했을 때는 이런 답변이 돌아왔습니다. "그야 물론 내 아내, 내 딸들, 내 손녀들이죠."

마지막으로, 그들은 우스갯소리를 하면서 훨씬 더 많이 웃고 즐기는 법을 알았습니다. 제 연구에서 젊은 여성들 중 60퍼센트는 매사를 웃어넘기는 남자들의 소탈함이 부럽다고 말했습니다. 왜 좀더 자주 웃지 않느냐고 묻자 그들은 이렇게 대답했습니다. "웃고 떠들 시간이 없기 때문이거나 남들이 나를 어떻게 생각할지 걱정되기 때문이죠."

나이 든 여성은 마음껏 웃을 수 있는 자유를 느낍니다. 특히, 자기 자신에 대해서 웃어넘기죠. 65세의 한 의사는 이렇게 말했습니다.

"'자유'는 '행복'과 가장 잘 통합니다. 이렇게 간단한 사실을 왜 여태 몰랐나 싶습니다. 내 행복의 비결은 인생의 목표가 있고, 남들이 나를 어떻게 생각할지 걱정하지 않으며, 내가 원하지 않는 일에는 싫다고 말하고, 친구들과 즐겁게 지내는 거예요. 의사로서 한마디 덧붙일게요. 많이 웃으세요. 특히 자신에게요. 웃음만 한 명약이 없답니다."

여러분에게 한 가지 질문을 던지면서 이야기를 마칠까 합니다.

우리는 '자유'와 '행복'이 통한다는 사실을, 그리고 웃음만 한 명약이 없다는 사실을 알아차리는 데에 왜 그렇게 오래 걸릴까요?

오늘부터 내 맘대로 살겠습니다

지금 행복 곡선의 어디쯤에 있나요?

3

자유와 행복을 위해 뭘 실천하고 있나요?

2018년 3월, 슈퍼마켓에서 두 손녀들과 함께 장을 보던 한 할머니가 내게 인사를 건넸을 때에 나는 테드 강연의 파급력을 처음으로 감지했다.

"미리안, 한번 안아봐도 될까요? 난 당신 강연을 10번도 넘게 봤어요. 친구들한테도 다 보라고 알려줬고요. 볼 때마다 눈물이 났어요. 그만큼 감동적이었어요. 나한테 하는 말 같았거든요. 내 나이에는 더욱 행복하게 살아야 한다는 걸 배웠죠. 당신은 참으로 많은 여성들의 삶을 바꿔줬어요. 멋진 강연을 해줘서 정말 고마워요."

1주일 뒤에는 공항에서 젊은 여성 둘이 내게 알은체하면서 나의 영상을 친구들과 함께 여러 번 보았다고 했다.

"단 10분 만에 너무나 중요한 점을 그렇게나 많이 알려주시다니, 정말 대단해요! 진정한 교훈이었어요. 우리는 당신에게 배운 것들을 나이 먹을 때까지 기다렸다가 실천하지는 않을 거예요. 훨씬 일찍 시작하려고요. 자유롭고 행복하게 사는 방법을 일찌감치 배워야 한다고 결론 내렸거든요."

수많은 여성들이 각자의 메신저로 유튜브 영상을 공유했다. 순식간에 입소문이 났던 것이 결코 우연이 아니었다.

다양한 연령대의 여성들에게서 받은 흥미로운 메시지들을 전부 소개하기란 불가능할 것이다. 그래서 사람들이 어떤 아이디어에 가장 흥분했는지 보여주기 위해서 내가 받은 메시지 중에서 몇 가지만 소개하고자 한다.

말끔한 인생 정리

"당신의 강연은 정말 끝내줘요. 20년 넘게 받아온 심리 치료보다 훨씬 효과적이에요. 벌써 말끔한 인생 정리를 시작했답니다. 자기밖에 모르고 질투심 많고 매사 부정적인 사람들을 내 인생에서 싹 치워버릴 거예요. 나를 사사건건 비난하고 무시하는 친구들을 정리하는 것부터 시작했어요. 일가친척 중에도 불쾌한 사람들이 몇 명 있는데, 앞으로는 그들과도 거리를 둘 생각이에요. 강연 덕분에 정리의 달인이 되었다니까요. 요즘 내 좌우명은 "말끔하게 치워버려!"랍니다. 이 정도로 속이 후련할 줄은 미처 몰랐어요. 당신은 알고 있었나요?"

감정을 빨아먹는 흡혈귀 제거하기

"당신의 테드 강연은 내게 인생 교훈이었어요. 날마다 내 감정을 빨아먹는 흡혈귀들과 함께 살고 있다는 것을 이제서야 알았다니까요. 그들은 나를 괴롭히고 내 기운과 건강과 행복을 앗아가는 못된 사람들이에요. 그들과 가까이 있기만 해도 골치가 아파요. 그들이 내 육체적, 정신적 건강에 이토록 해로운 존재인지 전혀 몰랐어요. 이제는 흡혈귀들에게서 나를 지켜낼 방법을 배워야겠어요."

싫다고 말하기

"당신의 강연을 듣고 큰 자극을 받았습니다. 나한테 대놓고 말하는 것 같았어요. 그 정도로 공감이 되더라고요. 난 항상 남들을 돌보고 남들 일로 애태우는 성격이거든요. 내 시간과 돈을 남들을 위해서 다 쓰고, 직장에서도, 집에서도 너무나 많은 업무들과 책임감에 시달리죠. 나는 왜 싫다고 말할 용기가 없을까요?"

나를 위해서 시간 쓰기

"여자들이 과중한 부담을 지고 사느라 너무 고달프고 괴롭다는 당신의 이야기를 듣고 크게 공감했어요. 내 인생이 딱 그렇거든요. 나는 늘 집안일과 회사 업무로 동분서주하는 데다가 남편과 애들 뒤치다꺼리로 도무지 쉴 틈이 없어요. 이파도 병원 갈 시간이 없어요. 운동을 하거나 친구들과 만나 회포를 풀 시간도 없어요. 잠을 푹 자본 게 언제인지 모르겠어요. 나를 위한 시간을 내고, 내 시간은 나를 위해서 써야 한다는 사실을 알려줘서 정말 고마워요."

친구를 챙기기

"노후에 우리를 돌봐줄 사람이 누구인지에 관한 당신의 이야기를 듣다 보니, 참 우습더군요. 여자들은 남편과 부모와 조부모를 돌보고, 친구까지 챙기죠. 주변 사람들을 돌보면서 자신도 돌봐야 해요. 그래도 난 운이 좋아요. 좋은 친구들이 있거든요. 친구들은 내 인생에서 가장 소중한 사람들이에요. 우리는 나이가 들면 한적한 시골에 집을 구해서 함께 살기로 했어요."

웃어넘기기

"나 자신에 관해서 너무 심각하게 고민하지 않고 그냥 웃어넘기고 싶어요. 자잘한 일에 더 이상 전전긍긍하며 살고 싶지 않아요. 제가 바로 매사에 '내가 그래도 될까?' 하며 자체 검열하는 '어정쩡한' 단계의 여성이랍니다. 하하하. 탄력이라고는 없는 축 늘어진 몸매에 늙기까지 했는데, 비키니를 입으면 꼴불견일까? 남편 없는 여자라고 무시당하지 않을까? 하하하. 브라질 여자들은 이 나이가 되면 죄다 똑같은 두려움과 불안감에 시달린다는 걸 이제야 알았어요. 행복 곡선의 최저점에 나 혼자 있는 것도 아니고 조만간 모든 것이 좋아질 거라니, 마음이 한결 놓여요."

자유를 위해서 싸우기

"서서 소변보는 걸 부러워한다는 이야기를 듣고 웃음을 참을 수가 없었답니다. 나 역시 남자의 자유분방함이 부러워요. 당신의 강연에서 가장 중요한 교훈은 여자들이 더 큰 자유와 용기와 힘을 지녀야 한다는 점이에요. 우리의 자유를 위해서, 모든 여성들의 자유를 위해서, 우리 딸들과 손녀들의 자유를 위해서 다 같이 싸워야 해요. 하지만 더 행복해지기 위해서 60세까지 기다리는 건 엄청난 인생 낭비일 거예요. 더 빨리 자유로워질 수는 없을까요?"

"신경 꺼!" 버튼을 누르기

"당신 이야기에 100퍼센트 동의합니다. 난 오래 전에 '신경 꺼!' 버튼을 눌렀어야 했어요. 이제는 머릿속에서 주문처럼 외우고 다닙니다. '신경 꺼! 신경 꺼! 신경 꺼!' 당신의 멋진 강연을 듣고 나서 친구들과 함께 '제1차 신경 꺼! 국민 대회'를 개최하기로 했어요. 당신을 우리 모임의 명예 회장으로 추대할 생각이에요. 당신이 우리의 대표예요. 표어가 뭐냐고요? '원하는 모든 것을 쟁취할 자유, 가진 모든 것을 마음껏 누릴 행복, 그리고 남들이 뭐라고 하든지 신경 꺼!'"

자유와 행복을 위해 뭘 실천하고 있나요?

4

"신경 꺼!" 버튼을
아직도 안 눌렀다고?

"신경 끌 권리!"라는 글이 인터넷에서 10년 넘게 회자되고 있는데, 브라질 출신의 작가인 밀로르 페르난디스가 썼다고 알려져 있다. 정작 밀로르 본인은 그런 글을 쓴 적이 없다고 여러 차례 부인했지만 요즘도 여전히 그가 쓴 글로 인용되고 있다.

똑같은 일이 나에게도 벌어지고 있다. 인터넷에서 뜨거운 반응을 얻고 있는 "육십 청춘"이라는 제목의 기사는 내가 쓰지 않았다. 그 점을 밝히려고 브라질 최대 일간지인 「폴랴 지 상파울루*Folha de Sao Paulo*」에 칼럼까지 기고했지만 소용이 없었다. "육십 청춘" 기사가 여전히 나의 이름으로 회자되는 덕분에 나는 하지도 않은 일로 칭찬을 받고는 한다.

다시 "신경 끌 권리!"로 돌아가보자. 누가 썼든 이 글에 따르면, 개인의 스트레스 지수는 그들이 "신경 꺼!"라고 말하는 양에 반비례한다고 한다.

"'신경 꺼!'라는 개념보다 더 자유분방한 것이 있을까요? 신경을 꺼버리면, 자존감이 높아지고 더 나은 사람으로 성장하며 주변을 새롭게 정리할 수 있고 더욱 자유로워집니다. 나랑 사귀고 싶지 않다고? 쳇, 신경 꺼! 너 혼자서 이 개똥 같은 일을 다 해결하겠다고? 마음대로 해, 신경 꺼! 자유, 평등, 박애와 함께 신경 끌 권리 역시 헌법으로 보장되어야 마땅합니다!"

2005년, 나는 50-60세의 여성 15명과 토론 모임을 결성하여 노화와 행복에 관한 연구를 시작했다. 이 모임의 회원인 55세의 한 심리학자는 "신경 꺼!" 버튼을 혁명이라고 말했다.

"젊은 여자들은 피곤에 절어 살고 우울하며 제대로 먹지도, 자지도 못합니다. 자신을 돌볼 시간도 없어요. 반면에 나이 든 여자들은 '신경 꺼!' 버튼을 누를 줄 알아서, 자신의 욕구를 우선하기 시작합니다. 초점이 급진적으로 바뀌었으니, 혁명이라고 할 수 있죠. 타인을 위해서 썼던 시간이 온전히 자신을 위한 시간이 됩니다. 자신을 위해서 시간을 쓰는 거예요.”

그 심리학자에 따르면, 나이 든 여성은 또한 자신을 타인과 비교하지 않고 남들의 의견이나 관점, 판단을 덜 걱정하며 싫다고 말할 줄 안다. 다른 회원들도 그녀의 말에 격하게 동의했다. 57세의 한 교사는 오른쪽 팔목에 새긴 문신을 보여주며 말했다.

“남편과 헤어지고 나서 해방된 기념으로 작은 버튼 모양의 문신을 새겼어요. 내 나름의 ‘신경 꺼!’ 버튼이죠. 자식들이 깜짝 놀라면서 나더러 정신 나갔다고 하더라고요. 그렇지만 난 이제 자식들을 포함해서 그 누구의 요구나 비판이나 편견에도 흔들리지 않아요. 난 이미 ‘신경 꺼!’ 버튼을 눌렀다고요.”

『멋진 노후』에서 썼다시피, 나이 든 여자들은 흔히 노화를 둘러싼 편견에서 해방되고자 “신경 꺼!” 버튼을 받아들였다.

63세의 한 여배우는 신경을 끄는 것이 주관적인 태도이자 내적인 태도라고 주장했다. 노년에 대한 고정관념에서 벗어나 자유와 즐거움을 누리며 살겠다는 마음가짐이라는 것이다.

"내 뚱뚱한 몸이 늘 창피했어요. 튼살에 울퉁불퉁한 셀룰라이트까지 보기 흉하거든요. 하지만 해변에서 비키니를 입고 싶으면 그냥 이렇게 되뇌어요. 신경 꺼! 나이 먹었다고 해변 가는 걸 포기해야 하나? 신경 꺼! 이 나이에 비키니를 입었다고 남들이 나를 천박하다고 생각할까? 신경 꺼! 노망난 할망구라고 말하지 않을까? 신경 꺼!"

그녀는 절대로 과격한 사람이 아니며, 욕설을 내뱉는 것도 아니라고 말했다. 남들의 편견과 의견과 시선에 불편함을 느낄 때, 주문을 외듯이 속으로 '신경 꺼!'라고 되뇌인다는 것이다.

"굴레에서 벗어날수록 더욱 행복해요. 나이 든 여자가 어떻게 입고 행동해야 하는지에 대한 남들의 의견이나 규칙을 염려할 시간이 더는 없어요. 나 자신의 편견과 쑥스러움과 불안과 두려움에 대해서도 신경 쓰지 않아요."

나의 전작인 『절정Coroas』에서 썼듯이, 나는 40세가 되면서 엄청난 위기를 겪었다. 늙어간다는 공포에 대처하고자 "힘센 중년 여성 운동"을 고안했다. 장난삼아 유쾌한 선언문까지 작성했는데, 그 선언문은 다음과 같은 구호로 끝난다.

"함께한다면 힘센 중년 여성은 결코 패배하지 않는다! 주름이나 셀룰라이트, 늘어진 뱃살 따위에는 신경 꺼라!"

2008년에 『절정』을 출간한 이후로, 여러 신문과 잡지, 라디오와 텔레비전 프로그램에서 나에게 이 선언문과 관련된 인터뷰를 요청했다. 그때마다 나의 설명은 늘 같았다. "신경 꺼Don't Give a F*ck!"라는 말을 "신경 쓰지 마"라거나 "조금도 마음 쓰지 마"라는 말로 대체하면, 이 버튼의 위력이 떨어진다는 것이었다. 이 말은 상스럽게 말하거나 누구를 모욕하려는 것이 아니라 내적인 태도이기 때문이다. 그런데도 "신경 꺼!"라고 말하면 나는 거의 언제나 비난을 받았다. 요즘도 달라진 것은 없다.

나의 강연에서 최고의 순간은 여성을 해방시키는 이 "신경 꺼!" 버튼의 중요성을 설명하는 부분이다. 이 이야기를 들으면, 많은 사람들이 타인을 대할 때에 그 버튼을 눌러야 한다는 사실을 깨닫는다. 특정인을 멀리하고 특정 의견을 웃어넘기며, 타인의 비난과 비판에 휘둘리지 않는 데에 그만한 도구가 없음을 알아차리는 것이다. 이 버튼은 타인의 판단과 편견에 전전긍긍하지 않도록 사람들을 돕는다.

내가 『절정』, 『멋진 노후』, 『남자는 울지 않고 여자는 웃지 않는다*Homem Nao Chora and Mulher Nao Ri*』 등 여성을 해방시키고자 "신경 꺼!" 버튼의 중요성을 옹호하는 책들을 출간하고 몇 년이 지났을 때였다. 2017년, 표지에 별표(*) 하나만을 사용해서 "f*ck"이라고 적힌, 미국 작가의 작품이 브라질에서 출간되었다. 나는 아차 싶었다. 각종 연구에서 이 말의 위력을 파악한 지 10년이 넘었건만, 나는 아직도 책 제목에 "신경 꺼!"라는 표현을 사용할 용기가 없었던 것이다.

밀로르 페르난디스가 썼다는 기사에 나와 있듯이, 신경을 끈다는 표현은 오랫동안 우리의 집단 무의식 속에서 힘을 키워왔다. 적절한 시기에 책 제목에 이 표현을 용감하게 사용한 사람은 참으로 운이 좋았다.

다소 늦은 감이 있지만, 또 나의 책이나 「폴랴 지 상파울루」에 실린 내 칼럼을 읽지 않은 사람들이 혹시라도 내가 잘 팔리는 책 제목에 편승한다고 오해할 가능성도 있지만, 나는 또다시 10년을 기다리고 싶지는 않다.

내 친한 친구가 말했듯이, 나를 아는 사람들은 내가 신경을 끄는 것의 중요성을 10년 전부터 주장했음을 익히 알고 있다. 이 사실을 몰랐을 사람들에게, 그리고 지금 이 글을 읽고 나서도 여전히 내가 시류에 편승한다고 생각하는 사람들에게 해줄 반응은 한 가지뿐이다. 난 신경 끈다!

마침내, 자체 검열 없이 말할 시간이다.

"신경 끄고 자유와 행복을 찾아라!"

"신경 꺼!" 버튼을 아직도 안 눌렀다고?

5

인생을 말끔하게 정리해본 적 있나요?

"인생을 말끔하게 정리해본 적 있는가?"라는 제목의 칼럼은 「폴랴 지 상파울루」에 기고했던 여러 칼럼들 중에서 가장 큰 인기를 끌었다. 2014년 5월 6일에 실린 기사였는데, 나는 요즘도 '말끔한 인생 정리'가 무슨 뜻이냐고 묻는 이메일을 받는다.

말끔한 인생 정리는 삶의 모든 영역을 싹 정리해서, 더는 원하지 않는 사람과 물건을 실제의 혹은 가상의 쓰레기통에 버리겠다고 결정하는 행위를 가리킨다. 불쾌하고 부정적이고 파괴적이며 해롭고 과도하고 무익하다고 여겨지는 것들을 죄다 없애겠다는 뜻이다. 사람과 물건의 중요도를 모두 평가해서 우리의 행복에 꼭 필요한 사람과 물건만 간직하겠다는 뜻이다.

정리하고 내버리고 간소화하고 원상태로 되돌리고 깨

부수고 정화하고 버려버리고 잊어버리고 차단하고 잘라내고 제거하고 들어내고 배제하고 없애는 등 온갖 방법으로 불쾌한 사람과 유해한 물건에게서 벗어난다는 뜻이다.

예전에는 우리에게 중요했던 물건이나 사람일지라도, 지금 우리에게 해를 끼치는 모든 것들에 싫다고 말한다는 뜻이다.

상황과 방식은 각기 달랐지만, 내가 조사했던 사람들은 말끔한 인생 정리가 더욱 자유롭고 더욱 행복한 삶을 영위하는 데에 핵심 요소가 될 수 있음을 보여주었다.

51세의 한 기자는 '말끔한 물질 정리'를 감행했다고 내게 말했다.

"나는 방 4개짜리 아파트에 살았는데, 살림살이며 자질구레한 장식품이 방마다 가득했어요. 손때 묻은 물건을 하나도 버릴 수가 없었거든요. 엄마가 주신 구닥다리 식기 세트, 아버지가 주신 괴상한 조각품, 전남편이 쓰던 쿰쿰한 안락의자……. 그러다가 원룸으로 이사하면서 신발과 지갑과 옷 등 손이 잘 안 가는 물건을 싹 버렸어요. 그중에는 상표를 안 뗀 것도 많았어요. 쓸모없는 물건을 쌓아두면 진짜로 좋아하는 물건을 보관할 자리가 없다니까요."

한편, 69세의 한 엔지니어는 '말끔한 온라인 정리'를 감행했다.

"페이스북을 탈퇴하고, 단체 채팅 방에서도 죄다 나왔어요. 친구들과 가족들이 서로 욕하고 분노하고 싸우는 모습을 더는 보고 싶지 않았거든요. 나를 노망난 늙은이라고 불러도 할 수 없어요. 욕설과 폭언에 진절머리가 나요. 증오심에 들끓는 사람들을 내 인생에서 싹 치워버리고 싶어요."

58세의 한 의사에게 '말끔한 직업 정리'는 크나큰 상실감을 이겨내고 인생을 재정립하는 방법이었다.

"돈도 많이 벌고 국제 행사에 연사로 초청받는 등 한창 잘나가던 시절이었어요. 그런데 어느 날 어머니가 세상을 떠나셨죠. 난 모든 걸 뒤로하고 철학을 공부하기로 마음먹었어요. 학회에서 만난 거만한 사람들을 더는 상대하고 싶지 않았거든요. 속내를 감추고 그들과 웃고 떠드는 게 끔찍했어요. 남은 인생은 내가 하고 싶은 일만 하면서 살고 싶었어요. 책을 읽고 영화를 보고 친구를 만나는 등 즐거운 일만 하면서 사는 데에도 모자란 시간이잖아요."

51세의 한 가수는 '말끔한 성격 정리'를 감행하기로 마음먹었다.

"남자 친구와 헤어지기로 마음먹었어요. 성격이 워낙 달라서 같이 있으면 서로 해만 끼친다는 생각이 들었거든요. 편한 친구 사이로 지내볼까도 싶었지만 그 역시 안 되더라고요. 우리는 서로 양립하기 어려운 성격이에요."

21세의 한 패션 학도에게는 '말끔한 관계 정리'가 인생을 정화하는 방법이었다.

"내 자존감을 파괴하는 사람들을 인생에서 싹 몰아냈어요. 나를 깔아뭉개면서 가학적으로 기뻐하는 대학 친구부터 먼저 제거했죠. 이제는 그 친구의 파괴적인 영향권에서 완전히 벗어났어요. 아울러 질투심이 많고 험담을 일삼는 사촌과도 거리를 두고 있어요. 내 인생에서 오염을 제거하고 영혼을 정화할 목적으로 철저하게 쳐냈어요."

63세의 어느 사업가는 '대단히 광범위하며 무제한적인 인생 정리'를 감행했다고 털어놓았다.

"불성실하고 이기적이며 기생적인 사람들, 특히 아무것도 하지 않으면서 평생 동안 나를 착취하기만 하는 남동생과 거리를 두고 있습니다. 녀석은 빌려간 돈도 갚지 않으면서, 돈이 필요할 때만 연락을 해옵니다. 감정에 호소하면서 나를 협박하기 일쑤죠. 형제라는 이유로 돈을 뜯어가

오늘부터 내 맘대로 살겠습니다

는 기생충 같은 동생을 더는 참을 수가 없습니다. 그리고 내가 아는 사람들 중에서 가장 약아빠진 사람인 처남하고 도 더 이상 말을 섞지 않습니다."

그런데 인터뷰에 응한 사람들 중에는 마음과 달리 인생 정리를 감행할 용기가 없다고 호소한 이들도 있었다. 그들 은 낡은 물건을 내다버리기는 쉽지만 삶에 도움이 되지 않 는 사람들을 전부 내치기는 어렵다고 했다.

"가까운 사람들의 부정적인 기운으로부터 나를 보호하 려면 어떻게 해야 하죠? 가령, 평소에는 안부 전화 한번 없다가 돈이 필요할 때나 부탁할 일이 있을 때만 연락하고 갚지도 않는 형제라면요? 나를 시샘하다 못해 뒤에서 이 러쿵저러쿵 험담하는 오랜 친구는요? 거짓말을 일삼고 나 를 밟고 올라가려고 안달하는 직장 동료는요? 볼 때마다 눈을 흘기는 이웃은요? 불쾌한 농담이나 던지며 나를 비 난하기만 하는 친구라면 어떻게 해야 하죠?"

완전히 쳐내기 어려운 불쾌한 사람들과 거리를 두기 위 해서, '말끔한 마음 정리'를 시도해보는 것은 어떨까? 45 세의 한 교사는 실제로 그 방법을 시도했다.

"질투심 많고 악의적인 사람들을 내 인생에서 싹 도려

낼 수는 없어서, 그들에게 휘둘리지 않도록 심리적인 장벽을 세우는 법을 배웠어요. 동료 교사들 중에 자신은 똑똑하고 나는 멍청하다는 것을 증명하려고 지적 우월성을 끊임없이 과시하는 사람이 있어요. 한번은 내가 강연하는 중인데도 계속 비웃으면서 냉소적인 태도를 보이더라고요. 내게 모욕을 주려는 거였어요. 더는 참을 수가 없었습니다. 그래서 효율적인 보호법을 고안했어요. 이제 난 그녀의 존재를 말끔히 무시하고 눈길조차 주지 않아요. 나한테 그녀는 없는 사람이나 마찬가지예요. 나의 삶에 어떤 영향력도 행사하지 못하죠."

인생 정리의 중요성에 관해 나눈 대화에서는 삶을 단순하게 만들고 더 자유롭고 행복하게 살며 자기 시간을 더 즐겁고 긍정적이고 생산적으로 사용하겠다는 욕구가 드러났다. 65세의 한 의사에게 시간은 해로운 사람들에게 낭비할 수 없는 보물이다.

"나에게 해를 끼치는 사람들은 거절하고 내 행복에 기여하는 사람들만 수용하는 법을 배웠어요. 나한테는 시간이 가장 소중한 보물입니다. 나의 기운과 건강과 삶의 기쁨을 훼손하는 사람들에게 더는 시간을 낭비할 수 없어요. 그게 뭐 어렵냐고 생각할지도 모르겠지만, 나는 파괴적인 사람들을 인생에서 싹 정리하는 데에 60년 넘게 걸렸답니다."

나의 연구에 참여한 사람들이 입증하듯이, 말끔한 인생 정리는 더 자유롭고 더 행복한 삶을 영위하는 데에 반드시 필요한 단계이다. 물질적인 것을 정리하는 일은 비교적 쉽다. 옷가지나 신발, 가방, 책, 장신구 등을 버리거나 기부할 때에 섭섭한 마음이 들 수는 있겠지만, 인생에서 더는 가까이 하고 싶지 않은 지독한 사람들을 쳐내는 데에 필요한 용기에 비하면 아무것도 아니리라.

인생을 말끔하게 정리해본 적 있나요?

6

감정을 빨아먹는 흡혈귀를
차단할 수 있나요?

주변을 둘러보면, 흡혈귀처럼 들러붙어서 우리의 기운과
건강과 즐거움을 앗아가는 사람들이 꼭 있다. 질투에 눈먼
친구, 고약한 직장 동료, 공갈치는 부모, 기생충 같은 자
식, 욕심 사나운 형제자매, 골치 아픈 이웃 등 우리의 감정
을 빨아먹는 흡혈귀는 의외로 가까운 사람일 수 있다.

45세의 어느 교수가 푸념하듯이, 흡혈귀는 우리의 신체
와 정신과 영혼의 건강에 치명적이다.

"우리 대학에는 걸핏하면 화내고 시샘하는 교수가 있
는데, 그녀와 잠시라도 같이 있으면 진절머리가 나요. 그
녀는 노상 남을 험담하고 뒤에서 뭔가 수상한 일을 꾸미
는 데다가 동료들에게는 무례하고 학생들에게는 굴욕감
을 안기죠. 흡혈귀처럼 들러붙어 사사건건 비난하고 흠을
잡으니 누군들 견딜 수 있겠어요? 완전히 흡혈귀예요. 골

칫덩어리고요. 너무 꼴 보기 싫어서 학교를 그만둘 생각도 했다니까요."

42세의 어느 건축가에 따르면, 흡혈귀는 사람들의 자존감을 멋대로 조종하고 훼손하는 데에 일가견이 있다.

"페이스북을 통해서 10대 시절 사귀던 남자와 다시 연락이 닿았어요. 그는 매번 자기 연애 문제와 직장 문제를 몇 시간씩 늘어놓죠. 처음부터 끝까지 자기 얘기뿐이에요. 내가 뭐 자기 감정을 쏟아내는 쓰레기통인가요? 그가 내 시간을 빼앗고 자존감을 무너뜨리는 흡혈귀라는 생각이 들더군요. 결국 페이스북과 인생에서 그를 완전히 지워버렸어요."

37세의 어느 기자는 흡혈귀가 내뿜는 부정적인 기운으로 흡혈귀를 알아볼 수 있다고 말했다.

"흡혈귀 같은 사촌이 하나 있는데, 옆에 있기만 해도 기분이 나빠져요. 그래서 어쩌다 만나더라도 금세 자리를 피해버립니다. 그녀는 노상 불평불만과 신세한탄을 늘어놓고 남을 헐뜯거든요. 자신의 부정적인 기운을 주변 환경과 사람들에게 마구 퍼트리는 것 같아요."

그런데 감정을 빨아먹는 흡혈귀를 누구나 쉽게 알아차

릴 수 있는 것은 아니다. 56세의 한 여배우가 말했듯이, 흡혈귀를 알아보지 못하면 우리는 그들이 야기하는 해로움에서 벗어날 수 없다.

"흡혈귀는 교활한 거짓말쟁이에다가 뛰어난 연기자예요. 아주 순진무구하고 점잖고 가련하고 무력한 피해자인 양 행세하죠. 그러면서도 넘치는 매력으로 사람을 유혹할 수 있어요. 나도 전에 사귀던 남자에게 속아서 오토바이를 사라고 돈을 빌려줬어요. 그가 내 인생의 기쁨을 빼앗는다는 생각이 들고 나서야 흡혈귀라는 걸 알았지요. 그와 함께 있을 때는 기가 다 빨리는 것 같았어요."

29세의 어느 기자는 오랜 시간이 흐른 뒤에야 절친한 친구가 흡혈귀라는 사실을 깨달았다.

"어렸을 때부터 알고 지낸 친구가 있는데, 난 그녀를 가장 친한 친구라고 여겼어요. 아버지가 돌아가셨을 때도 그 친구에게 가장 먼저 연락했어요. 그런데 놀랍게도 내 말을 뚝 자르더니 남자 친구와 다툰 이야기를 늘어놓더라고요. 그제야 알았죠. 그녀가 얼마나 이기적이고 무신경한 흡혈귀인지. 지금까지 내 우정을 이용해먹기만 하고 나한테는 아무것도 베풀지 않았다는 걸 말이죠."

인터뷰에 응한 사람들 가운데 일부는 흡혈귀를 기생충에 비유하기도 했다. 기생충은 우리 몸에 침투해서 결코 떠나려고 하지 않는다. 인간과 함께 살면서 생존 수단을 없애고 결국에는 숙주에게 해를 끼친다. 게다가 심각한 질병을 야기하고 심지어 죽음을 초래하기도 한다. 응답자들이 언급한 기생충 유형을 모두 분류하자니 한도 끝도 없어서 자주 언급된 사례만을 몇 가지 소개하고자 한다.

기생충 같은 자식들

이들은 공부도 안 하고 일도 안 한다. 진짜로 손가락 하나 까딱하지 않는다. 사람들이 자기처럼 훌륭한 예술가를 몰라준다고 토로하며, 언젠가 인정을 받는다면 백만장자가 될 것이라고 떠벌린다. 또한 '아버지한테 빌붙어 평생 놀고먹는 것'을 당연하게 생각한다. 그런 자식을 둔 63세의 한 엔지니어는 이렇게 말했다.

"나는 서른다섯에 이미 아내와 두 자식을 먹여 살리느라 뼈빠지게 일했습니다. 그런데 서른다섯인 내 아들놈은 공부도 안 하고 일도 전혀 안 합니다. 진짜로 손가락 하나 까딱하지 않습니다. 어쩌다 방문을 열어보면 열다섯 살 사

오늘부터 내 맘대로 살겠습니다

내 아이 방 같다니까요. 하루 종일 컴퓨터와 휴대전화와 텔레비전만 들여다보고 있어요. 그 나이까지 돈 한 푼 벌어본 적이 없습니다. 모든 비용을 내가 다 대주는데도 아들은 나한테 인색한 구두쇠라고 합니다. 심지어 자기 같은 천재를 못 알아본다고 바보 취급까지 합니다. 아버지한테 빌붙어 평생 놀고먹는 걸 당연하게 생각한다니까요."

기생충 같은 부모

이들은 자식들의 관심을 끌려고 감정적으로 공갈협박을 일삼고 꾀병을 부린다. 자식들이 찾아가서 사랑과 관심과 애정을 표하고 용돈도 자주 드리지만, 늘 성에 차지 않는다고 한다. 51세의 어느 건축가는 이렇게 말했다.

"우리 어머니는 걸핏하면 피해자 행세를 합니다. 이제는 정말 지겨워요. 자식들 키우느라 평생 희생했는데, 자식들은 은혜도 모르고 당신을 팽개친다는 겁니다. 토요일과 일요일에는 어김없이 찾아가고, 하루에도 몇 번씩 전화를 드립니다. 그런데도 완전히 버림받았다며 끊임없이 불평이세요. 어머니는 자식들이 24시간 내내 붙어서 수발을 들어주기를 바라십니다. 일흔두 살에 아주 정정하신

데도 어떻게든 관심을 끌려고 수시로 없는 병을 만든다니까요."

기생충 같은 형제자매

이들은 돈을 빌려가서 갚을 생각도 하지 않는다. 생활비를 한 푼도 보태지 않고 집안일도 전혀 거들지 않는다. 32세의 한 언어치료사의 말을 들어보자.

"남동생은 2년 넘게 나랑 같이 살면서 생활비를 한 푼도 보태지 않았어요. 공무원 시험을 준비하느라 돈벌이를 할 수 없다더군요. 한번은 자기 방이라도 좀 치우고 빌려간 돈도 갚으라고 하니까 성질을 있는 대로 부리더라고요. 히스테리를 부리는 돼지라느니, 해변에 쓸려온 고래라느니, 사랑받지 못한 피라냐라느니 온갖 욕까지 퍼붓더군요."

기생충 같은 배우자

이들은 배우자의 사랑과 관심을 누구하고도 나누려고 하지 않는다. 심지어 자식들과도 경쟁하려고 든다고 29세의 한 물리치료사가 토로했다.

"남편 때문에 정말 못 살겠어요. 자기는 아무것도 안 하면서 나한테 계속 관심을 요구해요. 날 도와주지도 않으면서, 심지어 내가 예전처럼 살갑게 대하지 않고 자기가 좋아하는 음식도 안 해준다고 투덜대요. 자기는 완전히 뒷전으로 밀려났다면서 혼자 드라마를 찍어요. 심지어 내가 자식에게 쏟는 사랑과 보살핌과 관심까지 시샘해요. 자기 친아들과도 경쟁하려 든다니까요."

기생충 같은 친구들

이들은 친구가 해외여행을 갈 때면 전자제품이나 화장품, 향수, 옷, 운동화 등 값비싼 물건을 사다 달라고 부탁한다. 그리고 돈 많은 친구를 따라 술집이나 식당이나 파티에 가서 공짜로 먹고 마시기 위해서 많은 친구들과 사귀려고 한다. 55세의 한 음반 제작자는 이렇게 말했다.

"내 주변에는 돈을 빌릴 때만 연락하고 갚을 줄도 모르는 친구가 하나 있습니다. 술집이나 식당에 함께 가서도 매번 얻어먹기만 하지, 계산하는 법이 없습니다. 한번은 유효 기간이 얼마 남지 않은 항공 마일리지가 많아서 그 친구에게 생일 선물로 파리나 뉴욕행 표를 끊어줄 수 있다고 했더니, 그 친구가 뭐랬는지 아십니까? 여행 경비를 빌려주면 표를 받겠다고 하더군요."

흡혈귀가 자신을 흡혈귀라고 생각하지 않듯이 기생충도 자신을 기생충이라고 생각하지 않는다. 그들은 자신이 남들보다 비범하고 특별하고 우월하기 때문에 타인의 관심과 시간과 돈을 전적으로 마음껏 써도 된다고 믿는다. 아무것도 돌려주지 않으면서 자신이 원하는 것은 무엇이든 얻을 권리가 있다고 생각한다. 자기 자신에게만 관심을 쏟고, 타인의 욕구는 나 몰라라 한다. 게다가 자기에게 생긴 문제나 어려움, 실패를 남 탓으로 돌리고 책임지려고 하지 않는다. 자기처럼 특별한 사람이 왜 남들처럼 힘들게 돈을 벌어야 하는가? 그런 일은 남들이 책임지고 수행해야 마땅하며, 그에 따른 책임도 남들이 져야 마땅하지 않는가?

기생충과 흡혈귀는 게으르고 이기적이며 자기 중심적이고 남을 등쳐먹으며 교활할 뿐만 아니라 사악하고 오만하고 잔인하고 가학적일 수 있다. 자기도취에 빠져 멋대로 행동하니 누가 보더라도 불쾌하고 혐오스러울 수 있다.

그런 지독한 사람들에게서 자신을 보호하기 위해서는 무엇을 할 수 있을까?

65세의 한 의사는 기생충과 흡혈귀에게서 자신을 어떻게 보호했는지를 설명했다.

"일단 나를 괴롭히는 사람들과 거리를 두고 소셜 미디어 계정에서 그들을 전부 차단했어요. 이제는 그들과 연락할 수단이 하나도 없어요. 같은 직장에 다녀서 도저히 피할 수 없다면, 친밀감을 싹 배제하고 직무상 필요한 최소한의 접촉만 엄격히 유지합니다."

그녀는 일가친척 중에도 지독한 사람들이 있지만 불행히도 그들을 완전히 쳐낼 수는 없다고 말했다.

"질투심 많고 험담을 일삼는 시누이와 마주치기 싫어서 가족 모임에도 잘 안 나가요. 어쩌다 가더라도 시누이와 거리를 두죠. 그럴 가치도 없는 사람들에게 제 기운을 낭비하지 않아요. 내 건강과 평정과 마음의 평화를 해치는 사람에게 내게 가장 귀한 시간을 허비할 이유가 없잖아요?"

마지막으로, 그녀는 감정을 빨아먹는 기생충과 흡혈귀를 막아줄 최고의 예방약을 처방해주었다.

"나는 니체의 충고를 따릅니다. 무시하고 웃어넘기는 거예요. 나를 괴롭히는 사람들을 상대로 이렇게 했더니 효과 만점이더라고요. 가능하면 그들과 물리적으로 접촉하지 않습니다. 어쩌다 만나도 없는 사람마냥 무시해버립니다. 남들을 괴롭히는 낙으로 사는 사람들을 상대로 사사건건 부딪쳐봤자 나만 피곤해져요. 그냥 무시하고 비웃어버리는 것이 지독한 사람들에게서 벗어나 나를 지키는 최고의 해결 방법임을 터득했어요."

감정을 빨아먹는 흡혈귀를 차단할 수 있나요?

7

무엇이 가장 질투 나나요?

질투심을 인정하기는 언제나 쉽지 않다. "여자들 사이에서 뭐가 가장 부러운가요?"라고 질문했을 때에 그 점을 확인할 수 있었다.

42세의 한 기업가는 다음과 같은 이유로 여자가 남자보다 질투심이 더 강하다고 주장한다.

"포르투갈어로 7대 죄악이 전부 여성형 명사라는 사실을 아세요? 질투, 나태, 식탐, 색욕, 분노, 오만, 탐욕. 그중에서도 질투심은 가장 추하고 수치스러우며, 또 가장 은밀합니다. 여자들은 본래 질투심이 더 강하다고 할 수 있습니다."

물론, 나는 여자가 남자보다 본래 질투심이 더 강하다고 생각하지 않는다. 그러나 연구를 진행하면서 보니, 여자들은 부러워하는 것을 남자들보다 더욱 솔직하게 털어놓았다. 반면에 남자들은 아주 간결하게 대답하거나 부러워하는 것이 없다며 부인했다.

57세의 한 교사는 자기 삶에 만족하며 사는 여자들을 보면 부럽다고 고백했다.

"인스타그램이나 페이스북을 들여다볼 때마다 비참한 기분이 들어요. 자존감 높은 여자들을 부러워하는 나 자신을 보면 우울하고 기운이 빠져요. 하나같이 예쁘고 늘씬한 데다가 헌신적인 남편에 멋진 직업까지, 전부 갖추고 살잖아요. 자존감이 바닥난 채로 신창에서 뒹구는 사람은 나뿐인가요?"

54세의 한 여성 기업가는 자신의 진가를 인정하지 못한 채 '병적인 질투심'에서 헤어나올 수 없다고 토로했다.

"내가 하는 일을 좋아하고 멋진 집도 있고 단란한 가정도 이루었지만, 아직도 나 자신을 겁 많고 불안하고 못생긴 소녀라고 생각해요. 자신감과 활력이 넘치는 여자들을 보면 병적으로 질투가 나요. 30년 가까이 심리 치료를 받았지만, 내 자존감은 조금도 개선되지 않았어요."

32세의 한 영양사는 질투심이 '자존감을 파괴한다'고 말했다.

"남자 친구가 자기 딸아이를 한없이 아끼고 사랑하는 모습을 보면 견딜 수가 없어요. 그는 딸에게 사랑과 관심, 시간과 돈을 몽땅 쏟아부어요. 나에게 돌아오는 건 거의 없어요. 그러다 보니 감정적으로 거지가 된 기분이에요. 나의 질투심은 자존감을 파괴하는 심리 고문이에요."

23세의 한 교생은 자신감이 없기 때문에 질투심을 느낀다고 말했다.

"내 친구는 항상 행복하고 친절하고 카리스마와 자존감이 넘쳐요. 그녀에게는 매사가 그렇게 쉬워 보일 수 없어요. 딱히 노력하지 않아도 누구에게나 사랑을 듬뿍 받고요. 하지만 나는 매력도, 카리스마도, 자신감도 없어요. 미운 오리 새끼처럼 내 주변에는 아무도 없는 것 같아요. 나의 자존감은 바닥을 기고 있어요."

질투심을 논할 때에 여자들이 반복해서 자존감을 언급한다는 점에 주목할 필요가 있다. 조사에 응했던 여자들은 '높은, 뛰어난, 훌륭한, 멋진, 엄청난, 긍정적인, 풍부한' 자존감을 지닌 여성이 부럽다고 말했다. 그리고 자신의 '낮은, 형편없는, 바닥난, 부정적인, 부족한' 자존감이 질투의 주요 원인이라고도 말했다. 그런데 어느 누구도 자존감이 무엇인지 정확하게 설명하지는 못했다. 단지, 자기가 부러워하는 여자들에게는 차고 넘치지만, 자기에게는 없는 것을 애매하고도 포괄적으로 나타내는 표현이었다.

56세의 한 여배우에 따르면, '자존감이라는 개념은 우리의 자존감을 파괴하고자 고안된 말'이라고 한다.

"나는 자존감이라는 용어가 싫습니다. 차라리 자신감이나 정신력, 개인적 능력이라고 부르는 것이 낫다고 생각해요. 이런 표현이 우리의 느낌을 더욱 선명하게 전달할 수 있어요. 다들 자존감이라는 말을 사용하지만 스트레스나 바이러스처럼 아무 의미도 없다니까요. 왜 결근했어요? 바이러스에 감염되었거든요. 왜 섹스를 하고 싶어하지 않나요? 스트레스를 받아서요. 그 개자식을 왜 떠나지 않는 건가요? 자존감이 없어서요. 나는 이놈의 자존감이 정말로 싫습니다."

그녀는 '누구나 자존감에 문제가 있고 따라서 누구나 질투심을 느낀다'고 덧붙였다.

"물론 나도 질투심에 사로잡히곤 합니다. 질투를 하지 않는 사람이 있을까요? 자신감과 안정감을 항상 느끼며 사는 사람은 아무도 없어요. 내면의 공허함을 채워줄 무엇인가가 늘 부족하기 마련이니까요. 부러워할 것이 하나도 없다는 말은 순전히 거짓말일 거예요. 남몰래 질투하는 사람이 가장 위험해요. 그들은 내심 부러워하는 사람을 공격하려고 호시탐탐 노리거든요. 질투심은 엿 같지만, 누구나 질투심을 느낍니다."

그녀는 또 나쁜 질투심을 좋은 질투심으로 바꿀 수 있다고 말했다.

"질투심이 생길 때면 나는 관심의 초점을 타인이 아닌 나 자신에게로 바꿉니다. 나를 위해서 할 수 있는 일을 고심하고 그 일을 실행합니다. 한번은 내 남자 친구의 관심을 몽땅 가로채간 예쁜 친구가 있었어요. 난 엄청난 질투를 느꼈지요. 그녀에게 홀딱 빠진 남자 친구한테 화가 치밀었지만, 그 화를 좋은 쪽으로 풀어냈어요. 첫째, 그 쓸모없는 멍청이를 차버렸어요. 둘째, 속으로 생각만 하고 시도하지 못했던 일을 그다음 날 과감히 실행했어요. 짐을 꾸리고 편도 티켓을 구입한 다음 이탈리아에서 한 달 동안 실컷 돌아다녔거든요."

39세의 한 의상 디자이너는 '자기에게는 없지만 남들에게는 있다고 생각하는 것이 항상 존재하기 때문에 누구나

무엇이 가장 질투 나나요?

질투심을 느낀다'고 말했다.

"난 백만장자와 결혼한 친구가 늘 부러웠어요. 그런데 어느 날 그 친구가 뜬금없이 내가 정말 부럽다고 고백하더라고요. 나의 행복한 모습과 스스럼없는 행동거지, 카리스마와 묘한 매력까지 다 부럽다는 거예요. 그 말을 듣고 난 웃음을 멈출 수가 없었어요. 백만장자에게 시집간 아리따운 친구가 나의 매력을 부러워하리라고는 생각지도 못했거든요. 그 친구가 부러워할 만한 점이 나한테 있다니까 뿌듯하기도 했죠. 간난히 말해서, 자기에게는 없지만 남들에게는 있다고 생각하는 것이 항상 존재하기 때문에 누구나 질투심을 느낍니다."

질투심을 다스리기 위해서, 그녀는 돋보기로 자신의 결점을 확대해보는 습관을 버렸다.

"내가 질투심을 어떻게 다스렸는지 아세요? 나한테 없는 것을 아쉬워하는 대신, 나한테 있는 자질을 인정하기로 마음먹었죠. 나는 부자도 아니고 날씬하거나 예쁘지도 않아요. 그래도 재미있고 행복하게 살아요. 그 친구 말대로 매력도 있고요. 나한테 있는 좋은 자질은 키우고, 나한테 없는 것은 걱정하지 않을 거예요. 지금의 내 모습 그대로를 좋아하기로 했어요."

사람들이 나에게 다른 여자들의 무엇이 가장 부러운지 물으면, 나는 그들의 자신감과 평정심, 온화함, 소박함, 가벼움, 용기, 행복, 여유가 가장 부럽다고 대답한다.

철학을 공부하는 나의 친구는 내가 부러워하는 여러 자질들을 한 가지 개념으로 요약할 수 있다고 말했다. 바로, 아타락시아ataraxia이다. 아타락시아는 잡념이나 동요, 불안 없이 평온한 마음 상태를 가리킨다고 그가 알려주었다. 이렇게 평온한 마음가짐으로 살아가는 사람이 있을까 싶지만, 나는 그 친구가 묘사한 아타락시아에 해당하는 여자를 몇 사람 알고 있다.

내가 부러워하는 여자들은 직장과 가정 양쪽에서 자신감 넘치고 안정적이며, 평온하고 차분하게, 행복하고 만족스럽게 살아간다. 그들은 타인의 비난과 판단에 흔들리지 않으며, 자신의 가치를 입증하는 일로 스트레스를 받지 않는다. 싫다고 말하는 데에 죄책감을 느끼지도 않는다. 그들은 불안해하거나 걱정하거나 긴장하지 않으며, 힘든 일이 있더라도 잠자리에 들 때는 다 내려놓고 평온하게 잠든다. 나는 그 점이 가장 부럽다.

나는 여느 브라질 여자들처럼 불면증에 시달린다. 브라질은 '리보트릴Rivotril 국가'라고 불릴 정도로 클로나제팜Clonazepam 기반의 신경안정제를 가장 많이 소비하는 국가이다. 나도 한 번 복용해봤는데 그 효과가 썩 마음에 들지는 않았다. 밤새 뒤척이는 것이 고문이기는 하지만, 나는 신경안정제를 복용하지 않는 쪽이 더 좋다. 신경안정제에 취해서 다음날까지 해롱거리는 것도 괴롭기는 마찬가지이기 때문이다. 그런 이유로, 밤새 푹 잘 수 있는 여자들이 정말 부럽다.

내가 질투심을 어떻게 다스리는지 궁금한가? 나는 부러워한다는 사실을 솔직하게 인정한다. 나의 감정을 부정하는 대신, 나의 부족한 점이 왜 나를 이토록 힘들게 하는지를 알아내려고 노력한다. 더 나아가, 내가 부러워하는 여자들에게 그들도 질투심을 느끼는지 물어본다. 그 결과, 누구나 자신의 부족한 점을 채우고 싶어하기 때문에 질투심을 느끼는 것은 지극히 정상이라는 사실을 알게 되었다.

내가 부러워하는 여자들의 삶을 더 자세히 들여다본다면, 그들도 나의 생각만큼 자신감 넘치고 안정적이며 만족스럽고 행복하게 살지는 않을 것이라고 확신한다. 그들도 분명히 다른 여자들과 자신을 비교하면서 자신의 부족한 점을 아쉬워할 것이다. 어쩌면 그들도 평온하게 푹 잠들지 못할지도 모른다.

역설적으로 들릴지는 모르지만 그리고 우리는 이 가증스러운 죄를 선뜻 고백하려 들지 않지만, 질투심이 일으키는 괴로움의 이면을 제대로 파헤칠 수만 있다면 우리는 훌륭한 가르침을 얻을 수 있을 것이다.

무엇이 가장 질투 나나요?

8

더 행복해지려면
무엇이 있어야 할까요?

사람들이 행복한지, 행복하지 않은지를 알아내는 작업은
연구자들에게 쉬운 일이 아니다. 우리는 질문에 대한 사람
들의 반응과 대화, 소망과 의견을 분석할 수는 있지만 사
람들이 실제로 생각하고 느끼는 것을 알아낼 수는 없다.
그렇기는 하지만 더 행복한 인생으로 향하는 길을 알아내
는 것이 나의 연구 목적이기 때문에, 나는 행복에 대한 사
람들의 희망, 기대, 구체적인 경험을 파악하고자 심층 인
터뷰를 실시했다.

"더 행복해지려면 무엇이 필요한가요?"

내가 이 질문을 던졌을 때 가장 많이 나온 답변은 돈, 직
업, 집, 새 차, 해외여행, 각종 사치품 등이었다. 39세의 한
음악가의 이야기를 들어보자.

"독립해서 살 만큼 돈을 벌면 더 행복할 것 같아요. 나

는 차도 없고 여전히 어머니 집에 얹혀삽니다. 음악가로 살면 독립에 필요한 돈을 절대로 못 벌 거예요. 형제들은 돈을 많이 벌어서 해마다 차를 새로 뽑아요. 미국과 유럽으로 여행도 가고요. 우리 집에서는 나만 이렇게 찌그러져서 삽니다."

41세의 한 변호사는 로또라도 당첨되어야 더 행복해질 것이라고 대답했다.

"아침 6시에 일어나서 2시간 가까이 교통 체증에 시달려야 하고 하루 종일 형편없는 사기꾼들을 상대해야 하는 삶이라면 행복해질 기회가 눈곱만치도 없을 겁니다. 사무실에서 유일하게 말이 통하던 동료는 모든 것을 포기하고 바이아 주의 바닷가로 떠났습니다. 나도 그러고 싶지만 부양할 애들이 둘이나 있어요. 복권에라도 당첨되어야겠죠."

39세의 한 의상 디자이너는 돈 많은 남편을 만나면 더 행복해질 것이라고 고백했다.

"친한 친구가 백만장자와 결혼한 뒤 직장을 그만두고 전 세계를 여행하며 신나게 살아요. 나도 그런 남자와 결혼해서 한도 무제한 신용카드로 펑펑 쓰면서 살고 싶어요. 진짜 그렇게 된다면 내 재정 문제도 순식간에 해결되겠죠. 내 친구는 그저 예쁘고 날씬하기만 하면 되는데, 나는 왜 밥벌이를 위해서 죽어라 일해야 하나요? 정말 불공평해요."

여자들 중에는 살이 빠지면 더 행복해질 것이라고 말하는 사람이 많았다. 33세의 한 교사도 그랬다.

"딱 10킬로그램만 빠지면 더 행복해질 거예요. 아들을 임신하면서 20킬로그램 넘게 쪘는데, 그 애가 다섯 살이 되도록 여전히 살과의 전쟁을 벌이고 있어요. 별의별 수단을 다 써봤어요. 미친 짓까지도요. 애를 둘이나 낳고도 여전히 날씬한 친구가 부러워 죽겠어요. 그 친구는 했는데 나는 왜 못할까요? 정말 죽고 싶어요."

42세의 한 건축가는 더 행복해지기 위해서 성형 수술을 받고 싶다고 말했다.

"직장 동료가 지방 흡입술과 실리콘 보형물 삽입술을 받았는데, 자존감도 높아지고 얼마나 행복해하는지 몰라요. 그 동료의 남편이 극구 반대하면서 수술을 포기하면 차를 사주겠다고 했대요. 그런데도 그녀는 '당신을 위해서 하는 게 아니라 나를 위해서 하는 거야'라면서 기어이 수술을 받았어요. 사무실의 여직원들 전부 그녀처럼 하고 싶어 난리예요. 굳이 안 해도 되는 사람들까지 솔깃해서 알아보고 있다니까요. 다들 그녀처럼 행복해지고 싶은 거죠."

"더 행복해지려면 무엇이 필요한가요?"라는 질문과 "하루 중 언제 가장 행복하다고 느끼나요?"라는 질문에 대한 각각의 답변을 비교하면 참으로 흥미롭다.

많은 사람들이 집으로 돌아갈 때 가장 행복하다고 대답했다. 36세 치과의사의 말을 들어보자.

"내가 가장 행복하다고 느끼는 순간은 집에 돌아와서 남편과 아이들이 노는 모습을 볼 때입니다. 그들의 즐거운 웃음소리를 듣고 내가 세상에서 가장 멋진 엄마라는 얘기를 들으면, 하루의 피로가 눈 녹듯 사라집니다. 아이들이 내 품으로 달려들고 남편이 다정하게 키스해주는 것보다 더 행복한 일은 없어요. 우리 가족은 하느님이 주신 최고의 선물이에요."

57세의 한 엔지니어는 인생의 자잘한 즐거움에서 행복을 느낀다고 말했다.

"나한테 가장 행복한 순간들은 돈이 하나도 안 듭니다. 친구들과 축구를 하면서 땀을 쭉 뺀 다음 맥주를 한잔 들이켤 때, 혹은 집에서 음악을 들으며 좋은 책을 읽을 때 가

오늘부터 내 맘대로 살겠습니다

장 행복하거든요. 아, 물론 여자 친구와 사랑을 나눌 때에도 행복합니다.”

39세의 한 의사는 해변을 거닐 때가 가장 행복한 순간이라고 말했다.

“병원에서 치열하게 일한 후 혼자 해변을 걸을 때보다 더 즐거운 순간은 없습니다. 고요함 속에서 모래의 따스함을 느끼면 하루의 피로가 싹 풀리는 것 같아요. 하늘과 바다를 곱게 물들이며 넘어가는 태양을 보면 가슴이 뭉클해집니다. 마치 자연과 하느님과 내 영혼이 하나로 연결된 것 같거든요.”

98세 할머니는 친구들과 함께 있을 때를 가장 행복한 순간으로 꼽았다.

“난 과부라고 말하지 않고 싱글이라고 말해. 남편이 떠난 뒤로는 성가시게 신경 쓸 일이 하나도 없어. 그저 내가 하고 싶은 일을 아무 때나 하면 그만이야. 돈도 내가 쓰고 싶은 일에 마음대로 쓰고. 자식들이 많이 도와주기는 하지만 내 일은 거의 내가 알아서 해. 내 주변에는 마음 맞는 친구들이 많아. 다들 유쾌하고 정정해. 우리는 거의 매일 만나서 기도를 드리고 노래도 부르며 떠들썩하게 놀아. 난 이런 생활에 만족해. 이런 싱글 라이프를 즐길 수 있어서 참 좋아."

"더 행복해지려면 무엇이 필요한가요?"에 대한 답변이 돈과 사치품, 권력과 외모 등 포괄적이고 추상적이며 달성하기 어려운 욕망이 주를 이루었다는 점은 흥미롭다. 자기에게 부족한 것을 말할 때, 그들은 자신이 진정으로 원하는 것을 이미 모두 갖춘 주변 사람들을 언급했다. 더 부유하고 더 성공하고 더 날씬하고 더 아름답고 더 힘 있는 사람과 자신을 비교하면서 질투심과 좌절감, 고통에 빠져들었다. 행복에 대한 비현실적인 기대, 즉 더 행복하다고 생각하는 타인의 삶을 기초로 환상이나 착각에 빠져드니, 결과적으로 자신의 삶에 실망하고 불행을 느끼는 것이다.

그러나 행복에 관한 구체적인 경험으로 초점을 옮기면, 그들은 누구하고도 자신을 비교하지 않았다. "하루 중 언제 가장 행복하다고 느끼나요?"라고 질문을 던지면, 그들은 하나같이 소소한 일상을 언급했다. 가령 아이들의 다정한 포옹, 해변 산책, 음악 감상, 독서, 친구들과의 수다 등 돈이 들지 않는 일이었다. 다들 가장 일상적인 경험을 언급했고, 자기보다 더 행복할 것 같은 사람들과 자신을 전혀 비교하지 않았다.

행복에 대한 비현실적인 기대와 구체적인 경험 간의 불일치는 올바른 질문의 중요성을 여실히 보여준다. 더 행복해지려면 무엇이 필요한지 물었을 때, 사람들은 자기에게 없는 것, 가지고 싶은 것, 남들에게는 있지만 자기에게는 없는 것에 집중했다. 반면, 하루 중 언제 가장 행복하냐고 물었을 때, 사람들은 자기에게 있는 것에 관심을 돌렸다. 그들만의 독특하고 특별한 경험과 대체하거나 비교할 수 없는 경험에 집중했다.

이것만 보더라도 좋은 질문을 고안하는 것이 얼마나 중요한지 알 수 있다. 우리의 행복을 더 잘 평가하기 위해서 "더 행복해지려면 무엇이 필요한가요?"라고 묻는 것보다 "하루 중 언제 가장 행복하다고 느끼나요?"라고 묻는 것이 확실히 더 낫지 않은가.

올바른 질문을 던지는 법을 배운다면, 우리는 더 행복한 삶을 영위하는 데에 진정으로 필요한 것이 무엇인지 그 해답을 더 쉽게 찾을 수 있을 것이다.

더 행복해지려면 무엇이 있어야 할까요?

9

가볍고 유쾌하게 살고 싶나요?

「폴랴 지 상파울루」에 실린 나의 칼럼들을 읽고 많은 독자들이 날마다 메시지를 보낸다. 열정과 배신, 즐거움과 괴로움이 버무려진 그들의 인생 이야기는 참으로 흥미롭다. 그들은 나를 개인적으로 알지 못하면서도 쉽사리 마음을 열고, 어린 시절 친구처럼 은밀한 이야기까지 털어놓으며 조언을 구한다. 때로는 나의 칼럼의 소재를 제안하기도 한다. 32세의 한 심리학자가 보낸 제안은 특히나 흥미로웠다. 가벼운 여자를 선호하는 남편 때문에 속을 끓인다는 내용이었다.

"당신이 조사한 여자들 중 60퍼센트가 그저 웃고 떠들면서 더 가볍게 살고 싶다고 했죠? 내 남편이 이런 속편한 여자들 칭찬하는 소리를 귀가 따갑게 들었어요. 공교롭게도, 남편이 말하는 여자들은 하나같이 집에서 편하게 놀고먹는 부류예요. 이 나라의 사회적 비극과 정치적, 경제적 위기 따위는 안중에도 없어요."

그녀는 내게 '가벼운 사람이 되어야 한다는 압박'에 대한 글을 써달라고 부탁했다.

"물론 나도 더 많이 웃고 떠들면서 좀더 가볍게 살고 싶어요. 하지만 그게 노상 웃기만 하고 세상일에는 무신경한 여자가 되는 거라면, 난 극구 사양하겠어요. 가볍게 산다는 게 무슨 뜻이죠? 더 쾌활하고 재미있고 순종적이며 불평불만 없이 다 받아들인다는 뜻인가요? 나는 당신이 여자들이 속 편하게 살아야 한다는 강요에 관해서 써줬으면 좋겠어요. 가벼운 사람이 되어야 한다는 압박에 대한 글을 꼭 써주기를 바랍니다."

가볍게 살고 싶거나 연인이 가벼운 사람이기를 바라는 마음은 응답자들 사이에 공통적으로 나타났다.

62세의 한 엔지니어는 아내가 몸은 가벼운데 마음은 전혀 가볍지 않다고 호소했다.

"내 아내는 노상 불평불만을 늘어놓고 요구도 너무 많습니다. 완벽주의자인 데다가 자기 자신에게는 더욱 엄격합니다. 자기보다 젊고 늘씬하고 예쁜 여자들과 자신을 항상 비교해요. 한번에 오만 가지 일을 벌여놓고 금세 지쳐 서는 짜증을 부립니다. 약을 달고 살고요."

35세의 한 교사는 심각하고 까다롭고 골치 아픈 사람으로 취급받는 것이 더는 싫어서 좀더 가벼운 인생관으로 살아야겠다고 말했다.

"우리 여자들은 정말 골치 아픈 존재예요. 도무지 웃어 넘길 줄을 몰라요. 매사에 너무 진지하고 날카로워서 사소한 일로도 사이가 틀어질 수 있죠. 내 남편은 변기 뚜껑을 올려놓거나 젖은 수건을 침대에 두는 문제로 더는 왈가왈부하고 싶지 않대요. 우리 여자들도 매사를 너무 심각하게 받아들이지 않고 좀더 속 편하게 살 수는 없을까요?"

42세인 한 건축가에 따르면, 가볍게 산다는 것은 단순히 정신 상태나 성격과 관련된 것이 아니다. 더 즐겁고 행복하고 여유롭게 사는 것도 아니다. 가볍게 산다는 것은 무엇보다도 인생에 대한 접근 방법으로서, 갖가지 어려움과 문제와 위기를 더 단순하고 안정적이고 건전한 방법으로 대처할 줄 안다는 것이다.

"가볍게 산다는 게 무슨 뜻입니까? 그건 바로 자기 마음 내키는 대로 진실하게 산다는 뜻입니다. 자기가 무엇을 원하는지 그리고 무엇을 해야 행복한지 확실히 안다는 것입니다. 피상적인 것보다 본질적인 것에, 외적인 것보다 내적인 것에, 객관적인 것보다 주관적인 것에, 타인보다 자기 자신에게 더 관심을 둔다는 뜻입니다."

이 건축가에게는 죄책감 없이 싫다고 말할 수 있는지가 더욱 편하고 충만하고 행복한 인생을 영위하는 데에 가장 결정적인 요소이다.

"나는 직장에서도, 집에서도 온갖 책임을 떠맡았어요. 그런 나를 나들 입이 마르게 칭찬했죠. 굉장히 너그럽고, 누구하고도 다투지 않으며, 무엇이든 부탁해도 군소리 없이 들어준다고요. 하지만 남편과 헤어진 뒤로는 완전히 달라졌어요. 싫으면 싫다고 딱 부러지게 말하겠다고 마음먹었지요. 속 편하게 살려면, 내가 원하지 않는 것과 필요하지 않은 것에 대해 싫다고 말할 수 있어야 해요."

43세의 한 사진작가는 가벼운 삶이 더 단순한 생활방식을 선택한 결과라고 설명했다.

"가볍게 살겠다면서 돈에 집착하거나 충동적으로 소비하거나 화려한 의상에 현혹되거나 휴대전화에 중독되어서는 안 됩니다. 유쾌하게 산다는 것은 실존주의적인 선택으로서, 더욱 단순하게 살겠다는 선택입니다. 내면을 가꾸면서 기쁨을 느끼겠다는 것이지요."

그는 '행복의 비결은 단순하게 사는 것'이라는 말을 덧붙였다.

"가진 것이 많을수록 걱정도 많습니다. 부자일수록 재산을 잃을까봐 더 두려워합니다. 옷이 많을수록 입을 게 없다고 생각합니다. 할 일이 많을수록 불만도 많습니다. 행복의 비결은 단순하고 간단하게 사는 것입니다. 당신 인생에 꼭 필요하고 의미 있는 것만 있으면 됩니다. 그 이상은 다 쓸모없는 짐입니다."

수년간 행복에 대해 연구하고 조사한 결과, 나는 더 단순하고 즐거운 인생을 영위하려면 비우며 사는 것이 무척 중요하다는 사실을 알아냈다. 리우데자네이루 연방 대학교의 정교수가 된 날인 2015년 5월 8일, 나는 터무니없어 보일 만한 결단을 내렸다. 앞으로 1년 동안 원피스나 치마, 블라우스, 바지, 구두, 가방 등 개인용품을 일절 사지 않겠다고 다짐한 것이다. 그리고 그해에 나의 물건의 절반 이상을 여러 사람들에게 나눠주고, 기관에 기부했다. 내가 원래 쇼핑을 좋아하거나 옷에 관심이 많은 사람이 아닌데

99

가볍고 유쾌하게 살고 싶나요?

도 굽 높은 샌들이나 뾰족구두, 화려한 블라우스, 커다란 가방 등 전혀 사용하지 않은, 내게 어울리지 않는 물건들이 꽤 있었다. 청바지와 레깅스, 재킷, 티셔츠, 반바지, 비키니와 운동화 등 평소 애용하는 물건만 남기고 전부 처분했다.

나는 기본적으로, 학생들을 가르치고 강연을 하고 연구에 필요한 인터뷰와 조사를 하고 토론회와 텔레비전 프로그램에 참여하고 친구들을 만나고 마트와 약국과 은행 등에 볼일이 있을 때에만 집을 나선다. 읽고 쓰는 데에 많은 시간을 보낸 뒤에는 거의 매일 맨발로 해변을 걷는다. 이때는 아이디어가 떠올랐을 때에 메모하기 위해서 펜과 종이만을 들고 나간다. 이런 생활이라면, 남겨둔 옷들만으로도 몇 년간은 충분히 버틸 수 있다. 어쩌면 내 남은 생을 버티는 데에도 충분하지 않을까 싶다.

나는 침대 시트와 수건을 빨 때만 세탁기를 사용한다. 옷가지는 그냥 손으로 빠는 것이 좋다. 관리하고 정리할 물건이 점점 줄어드니 집안일도, 내 인생도 한결 수월해졌다.

나와의 약속이 끝나갈 무렵인 2016년 5월, 나는 예전으로 돌아가는 대신 가벼운 삶을 1년 더 연장해서 옷이나 양

오늘부터 내 맘대로 살겠습니다

말, 스카프도 전혀 사지 않기로 마음먹었다. 금욕적인 삶을 실천하거나 자제력을 시험하겠다는 생각은 딱히 없었다. 그저 옷장에 이미 있는 것 외에 더 필요하지도, 더 원하지도 않는다는 점을 깨달았을 뿐이다.

"어머나, 내가 상상했던 것과 달리 참 단순하게 사시네요." 나는 이런 말을 자주 듣는데, 칭찬인지 욕인지 잘 모르겠다.

최근에는 신체와 노화에 대한 강연을 마친 이후에 한 여성에게 이런 질문을 받았다. "그런데 당신은 허영심이 하나도 없나요? 화장이나 보석, 하이힐 따위는 거들떠보지도 않나요? 그렇게 단순하게만 살 수가 있나요?" 나 역시 허영심이 강하지만 그 허영심을 다른 쪽에서 채운다고 대답했다. 나의 허영심은 가령 독자들이 「폴랴 지 상파울루」에 실린 나의 칼럼을 가장 많이 읽고 댓글도 가장 많이 달아줄 때, 혹은 사람들이 내 책과 강연을 칭찬할 때에 채워진다.

2018년 12월, 나는 지금까지보다 더 단순하게 살기로 마음먹었다. 인류학, 역사학, 철학, 심리학에 대한 거의 모든 책을 처분했다. 아울러 신체와 가족, 성생활, 결혼, 사랑, 소비, 젊음, 아름다움 등에 관한 책들도 모조리 처분했다. 시몬 드 보부아르의 책들과 노화와 행복에 관한 책 몇 권만 남겨두었다. 5,000권에 달하는 책을 학교와 도서관에 기증했고, 일부는 학생들에게도 나눠주었다. 내가 40여 년에 걸쳐 읽고 또 읽은 책들을 그들도 즐겁게 읽을 것이라 믿어 의심하지 않는다. 사실, 다른 물건과 달리 책을 내놓을 때에는 상당히 고심해야 했다. 지금도 마음 한구석이 허전하다. 그중에는 미처 다 훑어보지 못한 책도 있다. 내가 평생 거의 강박적으로 구입했던 수많은 책들을 꼼꼼하게 읽을 시간이 있었다면 얼마나 해박한 지식을 쌓았을지 상상해보기도 한다. 그동안에 모았던 책은 내가 지금껏 했던 투자 중에서 단연 최고였다. 아울러 헤어질 순간이 왔을 때에 나를 가장 슬프게 했다.

옷장과 서고를 비운 다음에도 나는 감정을 빨아먹는 흡혈귀에게서 벗어나기 위해 여전히 주변 정리를 해야 한다. 이제부터는 나를 행복하게 해주는 물건과 사람만 주변에 두고 싶다.

원하지 않거나 필요하지 않은 물건을 싹 정리하고 더 가볍게 살기로 결심한 지 4년이 훌쩍 흘렀다. 나는 지금까지도 옷이나 신발, 가방 따위를 전혀 구입하지 않는다. 그런데도 참으로 신기하게, 나눠주거나 내다버릴 물건이 여전히 나온다.

그나저나 예전의 소비 습관으로 돌아가려는 위기를 모면할 묘책이 한 가지 있다는 사실은 고백해야겠다. 내 생일과 결혼기념일, 연말의 축제 기간마다 남편은 내가 나를 위해서 고른 물건을 선물해준다. 내가 좋아하는 운동화나 재킷 등 평소에 내가 꼭 필요하다고 점찍어둔 것들이다.

행복하게 사는 데에 꼭 필요한 물건은 몇 가지 되지 않는다는 사실을 알아차리기까지 꽤 시간이 걸렸다. 더 단순하고 더 자유롭고 더 행복한 삶을 위해서 가볍게 비우는 훈련은 가장 좋은 방법이자 가장 어려운 방법이다.

가볍고 유쾌하게 살고 싶나요?

10

완벽한 배우자를 찾고 있나요?

『남자는 왜 여자를 배신하는가*Por Que Homens, e Mulheres Traem?*』라는 책에서 밝혔다시피, 지난 30년 동안 조사했던 애정적, 성적 관계에서 여자는 남자보다 불만이 훨씬 더 많았다.

　"사랑하는 사람과 겪고 있거나 겪었던 주된 문제는 무엇인가요?"라고 물었을 때, 여자들은 온갖 부족한 점들을 늘어놓았다. 상호 평등 부족, 인정 부족, 존중 부족, 친밀감 부족, 경청 부족, 소통 부족, 대화 부족, 관심 부족, 설렘 부족, 칭찬 부족, 섹스 부족, 성욕 부족, 성숙함 부족, 책임감 부족, 균형 부족, 자유 부족, 독립 부족, 체계 부족, 동지애 부족, 우정 부족, 돌봄 부족, 헌신 부족, 시간 부족, 감동 부족, 돈 부족, 흥미 부족, 센스 부족, 긴장감 부족, 형평성 부족, 기쁨 부족, 열정 부족, 사랑 부족, 신뢰 부족, 진심 부족, 정절 부족, 키스 부족 등. 심지어 하나부터 열까지 전부 다 부족하다고 말하는 여자도 있었다.

남자들은 사랑하는 사람과의 사이에서 주된 문제가 이해 부족이라고 대답했다. 간혹 애정 부족과 돌봄 부족을 언급하기도 했다. 남자들이 지극히 간단명료하고 객관적으로 반응하는 데에 비해, 어떤 여자들은 남자의 부족함을 낱낱이 적고자 종이를 추가로 요청하기도 했다.

여자들의 많고 많은 불만 중에서도 가장 큰 불만은 상호 평등 부족이었다. 인간관계에서 서로 주고받는 수준이 같지 않다는 뜻으로, 여자들은 관계를 잘 유지하기 위해서 남자들보다 훨씬 더 많이 노력한다고 생각했다. 다음으로는 친밀감 부족을 꼽았다. 여자들에게 친밀감은 흔히 긴밀한 의사소통과 신뢰, 원활한 감정 교류를 의미한다.

41세인 한 여교사에 따르면, '남자는 친밀감이 무엇인지도 모른다'고 한다.

"남편은 화장실에 들어갈 때 문을 열어두거나 벌거벗은 채로 집 안을 돌아다니거나 섹스 후에 안아주는 것 정도를 친밀감이라고 생각해요. 그에게 친밀감의 가장 확실한 증거는 내 앞에서 방귀를 뀌고도 창피하지 않다는 거예요. 남자들은 감정적으로 교류할 수도 없고, 진정한 친밀감이

오늘부터 내 맘대로 살겠습니다

무엇인지도 몰라요."

반면에, 남자들은 여자들의 과도한 요구에 부응하지 못해서 부당하게 비난받는다고 호소했다. 여자들의 절대 충족될 수 없고 끝나지 않는 요구, 심지어 서로 모순되는 요구까지 들어주려는 자신들의 노력을 전혀 인정받지 못하기 때문에 답답하다는 것이다.

62세의 한 엔지니어는 첫 데이트 때처럼 다정하게 대해주기를 바라는 아내에 관해서 말했다.

"아내는 내가 변했다고 늘 투덜거립니다. 예전에는 무척 낭만적이고 사랑의 맹세도 자주 들려주며 진한 키스를 해주곤 했다는 겁니다. 물론 처음 만났을 때에는 누구나 자신의 단점을 숨기고 멋진 모습만 보이려고 노력하죠. 어여쁜 아가씨를 차지하려고 백마 탄 왕자인 척하는 겁니다. 그러나 결혼하고 40년이 흐르면 더는 왕자로 살아갈 수 없습니다. 그렇지 않습니까? 우리는 금세 개구리로 변합니다."

그에 따르면, 연애 초기에는 인생의 동반자가 되겠다는 큰 뜻을 이루고자 성격이나 욕구, 각자의 계획이 달라도 참을 수 있다. 그러나 세월이 흐르면 각자의 욕구를 더 내

세우고 불만이 늘어난다. 상대를 집요하게 변화시키려고 하다 보면 잔인해지기도 한다.

"이혼까지 생각했다니까요. 아내의 잔소리가 더는 감당이 안 되더라고요. 대문을 열기도 전에 아내의 불만 섞인 목소리가 들렸거든요. 아내는 으레 짜증이 나 있었어요. 내가 집안일을 돕지 않는다, 자기 얘기를 들어주지 않는다, 자신의 노력을 알아주지 않는다, 입을 열지 않는다, 성생활이 예전 같지 않다 등등, 불만을 끝도 없이 늘어놓습니다. 하지만 직장에서 온종일 일에 치이다 집에 돌아오면, 나도 좀 쉬어야 하지 않겠습니까?"

아내가 걸핏하면 그에게 "당신은 동굴에서 나오기 싫어하는 고립주의자야"라고 소리치는 통에, 그는 결국 단호하게 나갔다고 한다.

"그래, 맞아. 난 결점이 많은 사람이야. 집에 오면 난 그냥 조용히 앉아서 신문도 읽고 영화나 축구 경기를 보고 싶어. 한 가지만 말해줘. 당신은 나랑 이렇게 지지고 볶으며 사는 게 행복해? 나랑 있으면 도대체 어느 정도나 행복하지?"

아내는 잠시 생각한 뒤에 슬며시 웃으며 대답했다.

"98퍼센트."

그 말을 듣고 그는 다음과 같이 주장했다.

"나머지 2퍼센트는 잊어버려. 완벽한 남자는 세상에 없으니까. 이 세상에 어떤 여자도 100퍼센트 만족하며 살지는 않아. 자기 남편에게 불만이 하나도 없는 여자는 단 한 명도 없다고."

98퍼센트 규칙을 논의한 뒤로 그들의 '결혼 생활은 완전히 바뀌었다.' 잔소리를 늘어놓고 싸우려 들던 아내는 남편의 실없는 소리에도 깔깔 웃으며 즐거워했다.

"그 뒤로 아내는 친구들의 완벽한 남편을 칭찬하거나 사람들 앞에서 나를 비난하지 않더군요. 백마 탄 왕자 따위는 동화 속 이야기로 치부했어요. 설사 왕자를 만나더라도 결혼하고 싶지 않을 거라면서 농담을 하기도 했어요. 보나마나 왕자병에 걸린 좀생이라서 함께 살면 무척 피곤했을 거라네요."

98퍼센트 규칙 덕분에 우리는 상대의 진가를 알아보고 높이 평가하면서 '나머지 2퍼센트'를 잊거나 무시하거나 가볍게 넘길 수 있다. 만족도가 98퍼센트에 이르지 않더라도, 이 규칙은 사랑의 척도를 한번쯤 생각해보는 계기를

완벽한 배우자를 찾고 있나요?

제공한다. 그렇다면 당신은 만족과 불만족 중 어느 쪽으로 더 기울겠는가?

나는 98퍼센트 규칙뿐만 아니라 기쁨 놀이도 배웠다. 리우데자네이루의 카자도사베르에서 "사랑과 섹스, 결혼과 행복"이라는 주제로 열린 내 강연을 들은 43세의 한 기자가 알려준 것이다. 그도 앞에서 언급한 엔지니어처럼 아내의 끝없는 잔소리와 불만에서 벗어날 돌파구를 찾고자 애썼다고 했다.

"아내가 늘 나더러 유치하다고 말하기에, 난 폴리아나 (엘리너 포터가 쓴 동화의 주인공으로, 어리석을 정도로 낙천적인 사람을 흔히 폴리아나라고 한다—옮긴이)처럼 진짜로 유치하게 '기쁨 놀이'를 고안했습니다. 기쁨 놀이에서는 부정적인 측면이 죄다 긍정적인 측면으로 바뀝니다. 싸우는 대신 놀고, 비난하는 대신 칭찬하고, 불평하는 대신 인정하고, 관계에 대해서 왈가왈부하는 대신 상대를 웃게 하는 겁니다."

기쁨 놀이에는 규칙이 있다. 첫째, 상대의 장점을 목록으로 작성한다. 둘째, 상대를 비난하거나 공격하고 싶을 때마다 즉시 목록에서 칭찬할 말을 찾는다.

"가령 아내가 내 머리 꼭대기에 올라가서 쥐고 흔들려 한다고 비난하는 대신, 나는 아내가 워낙 꼼꼼하고 체계적이라 도움이 많이 된다고 말합니다. 실제로도 그렇거든요. 나는 굉장히 덜렁대는 편이라서 아내가 없다면 내 인생은 엉망진창일 거예요."

그의 아내는 기쁨 놀이를 하자는 제안을 받아들였다.

"아내가 예전에는 나를 미숙하고 어리석고 유치하다고 비난했지만, 이제는 장난기 많은 내 성격이 그녀가 받은 최고의 선물임을 인정합니다. 아내는 너무 진지한 편이거든요. 아내는 요즘 익살맞은 내 행동에 깔깔 웃다가 눈물을 찔끔 흘리기도 합니다."

기쁨 놀이는 두 사람의 결혼 생활에 매우 효과적이어서, 이들은 직업 생활에도 이를 적용해보았다.

"아내는 완벽주의자라 실수를 용납하지 않습니다. 매사에 완벽하기를 바라기 때문에 처음 강연 요청을 받았을 때에는 굉장히 당황하더군요. 자기 분야에서 이미 뛰어난 전문가이지만 혹시라도 실수할까봐 좋은 기회를 마다하더라고요. 아내가 대중 연설에 대한 두려움을 이겨낼 묘책이 필요했습니다."

그 묘책은 바로 그들이 결혼 생활에 적용했던 것과 같은 원칙이었다. 아내는 자신의 단점으로 꼽은 불안과 두려움, 수줍음과 수치심에 대해 걱정하는 대신, 강점으로 꼽은 체계성과 진지함, 명확성과 객관성을 개선하는 데에 집중했다.

"아내는 강연 요청을 거절하는 대신, 그 요청을 자신의 능력과 자신감을 키울 도전 과제로 보기 시작했습니다. 직업적으로나 개인적으로 성장할 기회라고 판단했던 거죠. 두렵고 불안했지만 어떻게든 그 기회를 붙잡아서 더 나은 사람이 되고자 과감히 밀고 나갔습니다."

그는 완벽주의가 성장과 발전을 방해할 수 있듯이, 파괴적인 비판과 과도한 불평도 사랑과 존중, 함께하고픈 마음을 없앨 수 있다고 말했다.

"강연 중에 등장한 '정복 놀이'는 사실 잔인한 게임입니다. 험담과 불평뿐만 아니라 농담도 상처를 주고 분노를 유발합니다. 내가 아는 어떤 커플은 걸핏하면 상대를 모욕하고 깎아내려요. 심지어 사람들 앞에서 망신을 주기도 합니다. 그들은 서로 아끼고 존중하는 동반자가 아니라 상대의 건강과 마음의 평화를 해치는 적군처럼 보입니다."

그는 사랑하는 사람들 사이에서 욕망과 어려움과 불만을 되돌아볼 좋은 질문들을 몇 가지 던지며 대화를 마무리 지었다.

"당신은 여자들이 원하는 것이 끝없이 많다고 말했죠. 많고 많은 것 중에서 나는 상호 평등과 인정과 존중, 이 세 가지가 가장 마음에 듭니다. 여자들과 달리 남자들은 딱 세 가지만 바란다고도 했습니다. 바로 이해와 돌봄과 애정이죠. 우리는 왜 늘 상대에게 불만을 품고 살까요? 상대의 욕망과 욕구를 인정하는 것이 왜 그렇게 어려울까요? 이참에 사랑하는 사람을 칭찬하고 높이 평가하는 법을 배워보는 것은 어떨까요?"

완벽한 배우자를 찾고 있나요?

11

눈치 보지 않고 자유를 쟁취할 수 있나요?

나는 18-25세의 젊은이 약 1,000명에게 "몇 살 때 첫 경험을 했나요?"라고 물었다. 설문에 응한 젊은 남녀들은 13세에서 23세 사이에 첫 경험을 했다고 대답했는데, 특히 16세라는 대답이 가장 많았다. 아직 첫 경험을 하지 않았다고 대답한 여자는 17퍼센트였지만, 남자는 4퍼센트였다.

"몇 명과 성관계를 해봤나요?"라고 물었을 때, 놀랍게도 남자들의 대답은 중구난방이었다. 가령, 30명 미만, 대략 123명, 많다, 수를 세다가 도중에 까먹었다, 50명에서 100명 사이, 기억나지 않는다, 엄청 많다, 원하는 만큼은 못 해봤다, 내 친구들이 한 달간 하는 것보다는 적다 등이었다.

여자들의 대답은 굉장히 정확했다. 33퍼센트는 남자 친구 1명과 성관계를 했다고 대답했고, 46퍼센트는 2명에서

5명 사이라고 대답했다. 3퍼센트는 6명에서 10명 사이, 1퍼센트는 11명에서 20명 사이라고 대답했다. 딱 한 여자만 20명 이상이라고 대답했다.

브라질 젊은이들의 담론과 행동에서 혁신적인 변화가 있었음에도, 성 문제에 관해서는 여전히 이중 잣대가 존재하는 것 같다. 이러한 이중 잣대는 여자의 파트너 수를 제한하고 남자의 다양한 성 경험을 부추긴다.

20세의 한 철학도는 16세에 첫 경험을 했다고 밝혔다.

"난 벌써 10명하고 성관계를 했어요. 그런데 몇 명과 성관계를 해봤냐는 질문을 받으면 그냥 3명이라고 대답해요. 어떤 잡지에서 읽었는데, 여자 나이 서른이면 대략 7명과의 성 경험이 있다고 하더라고요. 내가 지금 스무 살이니까 3명 정도면 적당한 숫자 같아요. 10명이라고 대답하면 나랑 섹스만 하고 싶어하지, 아무도 진지하게 사귀고 싶어하지 않을 거예요."

말로는 자유의지를 주장하지만 편파적이고 차별적인 관행을 강화하는 젊은 사람들을 이 여학생은 비난했다.

"주변에 보면 자신을 페미니스트라고 주장하면서 다른 여자들을 험담하는 애들이 많아요. 그들은 누가 야한 옷을

입거나 파티에서 여러 남자들과 키스하면 걸레니, 창녀니, 남자 킬러니 쑤군대면서 손가락질하죠. 입으로는 페미니즘, 자율권, 자매애 따위를 떠벌리면서 다른 여자들을 함부로 폄훼하고 부당하게 대하는 모습을 보면, 참 어이가 없어요."

그녀는 젊은 여자들이 여자에 대한 기존의 편견을 오히려 강화한다고 주장한다.

"내 친구들은 약국에서 콘돔 사는 걸 부끄러워해요. 지갑에 콘돔을 가지고 다니면 사람들이 남자 관계가 문란하다고 생각할 거래요. 콘돔 사는 게 부끄럽다는 이유로 임신하거나 성병에 걸리거나 심지어는 사망할 위험을 감수한다는 게 믿어지세요?"

21세인 한 심리학도는 아직도 동정을 지키고 있어서 부끄럽다고 고백했다.

"부끄러운 말이지만 난 아직도 동정을 지키고 있어요. 우리 대학의 누구도 그 사실을 몰라요. 알게 되면 다들 나를 비정상이라고 생각하고 데이트 신청을 안 할 거예요. 고리타분하게 들릴지 모르지만, 나는 사랑하는 남자에게 내 동정을 바치고 그 남자와 결혼해서 아이를 낳고 싶어요."

이 사례에서도 여자들의 편견이 분명히 존재한다.

"친구들은 내게 숫처녀라는 오명을 벗으려면 길 가다 마주친 아무 남자하고나 섹스를 해야 한다고 부추겨요. 나한테 심각한 정신적 문제가 있다는 얘기도 이미 들어봤어요. 내가 너무 신경질적이고 억눌렸고 예민하게 히스테리를 부린다고 지적해요. 정상임을 입증하고자 아무하고나 섹스를 하고 싶지는 않다는 이유로요. 이런 압박은 정말 부담스러워요."

그런데 친구들이 그녀를 비난하듯이 그녀도 친구들을 비난한다.

"자기들이 완전히 자유롭다고 생각하지만, 친구들은 사실 오르가즘을 느끼는 척하고 때로는 심지어 원하지 않는 섹스를 하기도 해요. 싫다고 말할 용기가 없는 거죠. 불만이 있어도 말하지 못하고요. 남자 친구를 잃을까봐, 혼자 남게 될까봐 두려운 거예요."

인터뷰에 응한 두 여성은 이른바 정상적인 젊은 여자들과 다르게 느낀다는 점에서 고통을 겪었지만, 그 이유는 사뭇 다르다. 그런데 오늘날 정상적이라는 것은 무엇을 의미하는가? 첫 경험을 하는 정상적인 나이는 몇 살인가?

오늘부터 내 맘대로 살겠습니다

성관계 상대의 정상적인 수는 몇 명인가? 어쩌면 정상적이라는 단어는 뜻도 정확하지 않으면서 이른바 정상 집단에서 배제되었다고 느끼는 젊은 여성들에게 불안감과 두려움, 수치심, 죄책감, 번뇌를 유발하는 용도로만 쓰이는 것 같다.

"성관계 상대를 물색할 목적으로 광고를 만든다면, 자신을 어떻게 묘사하고 싶나요?" 이 질문에 여자들은 주로 이렇게 대답했다. "나는 날씬하고 젊고 매력적이고 섹시합니다." 남자들은 이렇게 대답했다. "나는 키가 크고 힘이 세며 물건이 큽니다." 어떤 남자도 키가 작다거나 174센티미터 이하라고 하지 않았다. 어떤 여자도 자신이 뚱뚱하다거나 통통하다거나 60킬로그램 이상 나간다고 대답하지 않았다.

19세의 한 의상학도는 '젊은 여자의 인생에서는 날씬한 것이 가장 중요하다'고 말했다.

"인스타그램에 사진을 올릴 때마다 내가 꼭 고래 같아요. 난 해변에서 비키니만 입는 게 부끄러워서 늘 기다란 천을 두르고 있어요. 한 친구가 장염에 걸려서 일주일 만에 5킬로그램이 빠졌는데, 그 친구의 몸매가 너무 부러워요. 난 제니퍼 애니스톤이 한다는 다이어트를 시도할 생각이에요. 점심과 저녁으로 이유식만 먹고, 매일 아침에는 식초를 한 수저 먹는 거예요. 혹시 알아요? 운이 좋으면 나도 장염에 걸릴지."

24세의 한 영양사는 어렸을 때부터 통통하다고 놀림을 많이 받았다고 했다.

"오빠는 나를 범고래라는 뜻인 '오르카'라고 불렀어요. 식구들도 애정 어린 표현으로 통통이나 꽃돼지라고 불렀죠. 요즘도 '얼굴은 참 예쁜데……'라는 말을 지겹도록 들어요. 살을 빼려고 별짓을 다 해봤는데 소용이 없어요. 하루 한 갑씩 담배도 피워봤고, 식욕을 억누르려고 처방전 없이 약물도 복용해봤어요. 지방 흡입술을 받아볼까도 생각했어요. 하지만 수술 도중에 죽는 여자들이 많대서 마음을 접었어요."

마른 몸매에 대한 젊은 여성들의 집착을 가장 잘 보여주는 곳은 인터넷이다. 인터넷에는 아름다움의 본보기로 지목된 앙상한 소녀들의 사진과 함께 거식증을 부추기는 기사가 수두룩하다. 그런 기사에는 날씬해지고 싶은 사람은 다음과 같은 지침을 반드시 따라야 한다고 나와 있다.

오늘부터 내 맘대로 살겠습니다

"뭐라도 먹으면 죄책감을 느껴야 한다. 살찌는 음식을 먹고 나면 반드시 자책해야 한다. 날씬해지는 것이 가장 중요하다. 건강보다도 더욱 중요하다. 삼키지 마라. 한 입 베어물고 씹은 다음 뱉어라. 잠을 조금만 자라. 그래야 칼로리를 더 태울 수 있다. 식욕이 떨어지도록 화장실이나 더러운 곳을 청소하라. 방에서 혼자 먹겠다고 말한 다음 음식을 변기에 버려라."

아름다움과 날씬함과 젊음을 좇는 여자들이 온갖 질병에 시달리고 범죄 피해자로 전락하는 상황에서, 우리는 신속히 다음과 같은 질문을 던져야 한다. "대다수 여성들을 극단으로 내몰며 고통에 빠트리는, 이상화된 성적 매력과 신체 이미지의 재생산을 중단하기 위해서 젊은 여성들이 할 수 있는 일은 무엇인가?"

이 질문에 답하기 위해서 여배우 레일라 디니스를 언급하지 않을 수 없다. 나는 "모든 여성의 중심, 레일라 디니스"라는 제목으로 박사학위 논문을 쓰려고 그녀의 삶을 5년 넘게 연구했다.

레일라 디니스는 왜 지금도 '자유를 상징하는 여성'으로 여겨질까?

군부 독재 시절인 1969년 11월, 레일라 디니스는 주간지 『오 파스킴O Pasquim』과 인터뷰를 했다. 당시 24세에 불과했던 그녀는 '신화와 우상, 혹은 자유를 상징하는 여성'이라는 자신에 대한 대중적인 이미지가 어떻게 구축되었는지 설명했다.

"인터뷰를 할 때마다 언론에서 나를 '자유로운 여자 레일라', '마음껏 사랑을 즐기는 여자 레일라', '독립적인 여자 레일라'라고 떠들어대니, 다들 나를 무슨 대단한 창녀쯤으로 생각해요. 나는 그저 자유로운 여자일 뿐입니다. 자유는 선택이고요. 그런데도 얼떨결에 나는 신화와 우상이 되었습니다. 자유를 상징하는 여자가 되고, 자유연애의 전도자가 되었습니다. 나는 그저 다른 사람들의 금기나 환상에 휘둘리지 않고 솔직하고 담백하게 사랑하고 싶을 뿐이에요."

억압과 정치적 박해가 심하던 시절이었는데도 그녀는 인터뷰 도중 욕설을 70번 넘게 내뱉었다. 그러나 검열 때문에 그러한 말들은 전부 별표(*)로 대체되었다.

"그들은 나를 절대 함부로 자빠뜨리지 못해요. 내가 순식간에 꺼*라고 말하기 때문이죠. 나는 내가 원하는 남자하고만 자요. 나에게 함부로 덤볐다가는 뼈도 못 추려요.”

레일라는 15세에 첫 경험을 했고, 그 뒤로 강렬하고도 자유로운 성생활을 즐겼다고 했다.

“한 1,000번 정도 뒹굴었지만 진지한 관계는 없었어요. 그저 내 침대에서 며칠 밤 묵을 뿐, 그 이상 머물지는 못하죠.”

레일라는 날마다 사랑을 나누는 것이 멋지다고 생각했으며 하룻밤에 “8번인가 12번까지” 해봤다고 말했다. 한때는 누군가를 사랑하기도 했지만 금세 다른 남자와 잠자리에 들었으며 소유욕이 강한 사랑에는 반대한다고 고백했다.

이 유명한 인터뷰는 레일라 디니스의 혁명을 상징하는 이정표 가운데 하나였다. 인터뷰에서 다룬 주제가 아니라, 레일라가 온갖 비속어를 동원하며 자기 의견을 피력했다는 점이 참신하고 흥미로웠다. 인터뷰가 공개된 이후, 레일라는 군부 독재 속에서 엄청난 핍박을 받았고 텔레비전 출연도 금지당했다. 이러한 가혹한 처사는 여자의 자유로운 성생활이 위험한 결과로 이어진다는 점을 여실히 보여준다.

레일라는 많은 여자들이 행하고 싶고 말하고 싶지만 용기가 없어 하지 못하는 것을 행하고 말했다. 이는 레일라가 일으킨 혁명이었다. 그녀는 낙인 찍히고 실생활에서 금지되고 숨겨지던 여성의 욕망을 만천하에 폭로한 것이다. 자신의 생각과 생활방식을 공개하면서, 레일라는 비슷한 문제에 처한 여자들에게 새로운 가능성을 열어주었다.

잠자리를 집요하게 요구하는 한 대령에게 그녀가 대응한 말은 특히 널리 알려져 있다. 자꾸 거절당하자 대령이 마지막으로 한마디 넌졌다. "하지만 레일라, 당신은 누구하고나 자지 않소!" 레일라는 언제나처럼 가벼운 말투로 대꾸했다. "그래요, 대령님. 난 누구하고나 자요……. 하지만 아무하고나 자지는 않아요!"

1971년 어느 화창한 날, 레일라는 습관대로 비키니를 입고 이파네마 해변으로 나갔다. 그런데 떠들썩한 소동이 일어났다. 그녀가 임신부 최초로 비키니를 입었기 때문이다. 당시에 임신부는 길고 어두운 옷으로 배를 숨기고 다녔다. 불룩한 배를 자랑스럽게 드러낸 그녀의 사진이 신문과 잡지를 도배했다. 레일라는 미혼 여성의 임신이 숨겨야 할 오명이 아니라 자유롭고 의식적인 선택임을 당당히 보여주었다. 레일라는 찬란한 햇살 아래 불룩한 배를 드러내어 남성의 통제를 벗어난 여성의 성을 보여줌으로써 상징적인 혁명을 일으켰다.

"나는 자유로운 사람이며 이 세상에서 평온하게 살고 있어요. 나의 자유는 나의 앞길을 막는 관습을 깨부수며 굉장히 어렵게 쟁취한 것입니다. 이런 이유로 걸핏하면 검열을 받았지만, 나는 전혀 흔들리지 않고 내 길을 갔습니다. 내가 레일라 디니스인데, 누가 날 막겠어요?"

레일라 디니스는 27세의 나이에 비행기 사고로 사망했다. 딸을 낳고 겨우 7개월이 지난 시점이었다. 비극적인 최후를 맞은 후, 레일라는 브라질에서 페미니즘의 선구자로 기억되었다. 그녀는 직관적인 페미니스트로서 브라질 여성들에게 엄청난 영향을 미쳤다.

시몬 드 보부아르는 여성의 기회에 관심을 두었다. 그녀는 『제2의 성 Le Deuxième Sexe』에서 여성의 기회를 행복의 관점이 아닌 자유의 관점에서 규정했다. 자유는 두려울 수 있고, 그렇기 때문에 많은 여성들이 자유로워지고자 싸우기보다는 눈먼 노예로 살아가려고 한다는 것이다. 그러나 보부아르는 여성에게 탈출구가 하나 있다고 믿었다. 그 탈

출구는 바로 여성들에게 부과된 감옥을 거부하고, 자신을 포함한 여성들을 위한 해방의 길을 개척하고자 노력하는 것이다.

자신의 생각과 선택을 공개함으로써, 레일라 디니스는 자기 행동의 의미를 바꾸었을 뿐만 아니라 수치심과 죄책감에 숨죽이며 살아온 많은 여성들의 행동 의미까지도 변화시켰다. 레일라는 우리가 절대로 혼자가 아니라는 교훈을 주었다. 기존의 관행과 편견에서 벗어나고자 고군분투하는 브라질 여성은 전체 여성의 해방에 결정적으로 영향을 미친다.

레일라 디니스의 혁명적인 행동 이후로 반세기가 흐른 지금, 다음과 같은 질문을 던져볼 만하다. 젊은 여성들이 자신의 몸과 욕망을 한껏 드러내는 데에, 또 브라질 여성을 옭아매는 편견과 낙인과 오명에서 벗어나는 데에 무엇이 필요한가? 그들은 왜 새로운 여성 혁명의 주인공이 되어 "우리 몸은 우리의 것"이라는 페미니스트 구호를 부르짖지 못하는가? 젊은 여성들은 레일라 디니스처럼 혁명적으로 행동하는 법을 아직도 배워야 하는가?

눈치 보지 않고 자유를 쟁취할 수 있나요?

12

나이 드는 것이 두려운가요?

상안검 수술로 처진 눈꺼풀을 올리는 것은 어떤가? 필러 시술로 팔자 주름을 없애는 것은? 보톡스로 이마 주름을 매끄럽게 다듬는 것은 어떤가?

나는 이러한 권유를 귀찮을 정도로 자주 받는다. 보톡스 외에도 미용 시장에서 성행하는 안면 리프팅 등의 시술로 눈꺼풀과 목까지 젊어 보이게 고쳐야 한다고 강권하는 친구도 있다.

상당히 최근까지, 성형 수술을 받을지 고민하는 사람들은 주로 이런 질문을 받았다. "그런 걸 왜 하고 싶어요? 부작용이 생겨서 죽을 수도 있는 위험을 감수할 가치가 있다고 생각해요?" 그런데 요즘에는 질문 내용이 바뀌었다. "성형 수술을 받는 게 어때요? 좀더 젊어 보이고 싶지 않나요? 나이 드는 게 두렵지 않나요?"

이런 질문들을 받으면 나는 흔히 이렇게 대답한다. 나이 드는 것이 두렵기는 하지만, 성형으로 얼굴이 부자연스러워지는 것이 훨씬 더 두렵다고. 그러면 그들은 이렇게 반박한다. "얼마나 자연스러운데요. 아무도 눈치 못 챌 걸요." 내가 수술 후의 합병증이 두렵다고 다시 반박하면, 그들은 눈을 동그랗게 뜨며 이렇게 말한다. "솜씨 좋은 성형외과 의사한테 가세요. 위험할 게 하나도 없다니까요." 나는 남들처럼 외모에 큰 관심이 없어서 그냥 자외선 차단제만 바른다. 기초화장도 할 줄 모른다. 내가 이렇게 말하면 그들은 분개하며 목소리를 높인다. "더 젊어지고 싶지 않나요? 그렇게 관리를 안 해서 금세 쪼글쪼글해지면 순전히 당신 잘못이에요!"

솔직히 말하면, 나는 나이 든 사람이 참 아름답다고 생각한다. 열심히 살아온 인생 이야기를 들려주는 주름이, 탱탱한 피부와 오똑한 콧날보다 훨씬 더 멋지다. 나는 어디를 가든 사람들을 유심히 관찰하는 습관이 있다. 해변에 가서 온갖 체형과 몸집, 피부색과 연령대의 사람들을 지켜보는 것이 무척 즐겁다. 가장 멋지고 가장 행복해 보이는 부류는 바로 젊음과 아름다움의 기준에서 완전히 벗어난 사람들이다.

　노화가 두렵기는 하지만 불가피한 신체 변화에 연연하는 대신, 나는 시간과 돈과 나의 기운을 인생 목표의 달성에 투자하기로 마음먹었다. 노년에도 멋진 인생을 영위할 수 있다고 믿는데, 굳이 실제보다 젊어 보이려고 성형 수술을 할 이유가 있겠는가?

　아직 40세도 되지 않은 지인을 포함한 주변 사람들의 압박은 브라질 여자들이 느끼는 노화의 공포를 고스란히 보여준다.

　여자의 적은 여자라는 말에 힘을 실어주려는 의도는 없다. 그러나 노년 여성을 향한 브라질 여자들의 편견과 고정관념을 재생산하는 내외부적인 구조에 대해서는 반성을 촉구하고 싶다.

　많은 여성들이 남성의 지배 논리를 강화하는 방향으로 말하고 행동한다. 물론, 중심적인 담론이 남성의 억압으로부터 여성이 해방되어야 한다는 쪽으로 흐르고 있는 것은 분명하다. 그러나 여성들은 여전히 그다지 자유롭게 행동하지 못한다. 게다가 가장 전통적인 가치들은 여성의 마음 속에 뿌리 깊게 박혀 있다. 브라질 여성들의 해방 담론과 그들의 보수적인 행동 및 가치 사이에는 이미 오래된 괴리가 있는 것이다.

남성의 지배 논리에서는 남자가 여자보다 우월해야 한다. 가령 나이도 더 많고 키도 더 크고 힘도 더 세며 권력과 돈도 더 많아야 한다. 이 논리에서 여자는 매력적이며 언제나 이용 가능한 대상으로 전락한다. 아울러 물질적으로나 상징적으로 독립하지 못하는 불안정한 처지에 놓인다. 여자는 늘 참고 순종해야 하며, 함부로 나서지 말고 없는 듯이 살도록 요구받는다. 남자가 더 우월하다고 주장하거나 정상에서 벗어나는 선택을 하는 여자에게 오명을 씌운다면, 여자들 자신도 이러한 논리의 공범이 될 수 있다.

역설적이게도, 남자의 자유를 부러워하고 높이 평가하는 여자일수록, 자유롭게 행동하며 여성의 전통적인 역할을 거부하는 여자들을 더욱 함부로 판단하고 비판하며, 심지어는 모욕하기도 한다.

나의 저서 『남자는 왜 나이 든 여자를 좋아하는가*Por Que os Homens Preferem as Mulheres Mais Velhas?*』에서, 나는 이러한 여자들에 대한 차별과 편견의 사례들을 분석했다. 나이 든 여자가 젊은 남자와 데이트할 때면 가장 극렬하게 반대하는 사람은 바로 그들의 딸들이다. 67세의 한 사업가의 말을 들어보자.

"내가 서른아홉 살 남자랑 사귄다는 이유로, 딸은 나를 미친 노인네라느니, 한심하고 뻔뻔한 할망구라느니 마구 비난합니다. 내가 아들뻘 되는 남자랑 뒹구는 모습을 도저히 상상할 수 없고 역겹다네요. 이미 손자, 손녀까지 봤으니, 내가 이제는 그런 생활에서 은퇴해야 마땅하다는 거예요."

72세의 한 교사도 딸들의 모욕을 더는 참을 수 없다고 토로했다.

"딸들이 내 옷차림에서부터 씀씀이까지 전부 통제하려 들어요. 내가 남자 친구와 여행을 다니거나 식당과 파티에 가는 것을 당장 그만두기를 바라더군요. 나를 노망난 할망구라면서 가족 재산을 낭비하지 못하도록 병원에 처넣을 거라고 위협하기도 합니다. 내가 평생 일해서 번 돈인데 말이에요. 딸들은 내가 젊은 남자와 사랑에 빠진 걸 인정하지 않아요. 그저 집 안에 틀어박혀 뜨개질이나 하고 손자들이나 돌보기를 바랍니다."

47세인 한 여배우는 자기도 23세의 남자와 사귀고 있으면서도 나이 든 여자와 결혼하겠다는 아들을 도무지 이해할 수 없다고 말한다.

"내 아들은 정말 잘생기고 똑똑한 아이랍니다. 그런데 늙고 뚱뚱한 여자랑 결혼하겠다니, 도저히 이해할 수가 없어요. 물론 돈 때문일 수는 있어요. 그 여자가 돈을 다 댄다고 하더라고요. 여행 경비도 알아서 내고 선물도 자주 사준대요. 게다가 집도 있고 음식도, 빨래도 한다더군요. 그렇지만 나는 아들이 이미 손자들까지 본 할망구와 사는 걸 두고 볼 수 없어요. 나보다 나이 많은 며느리를 어떻게 받아들일 수 있겠어요?"

나는 브라질과 독일에 거주하는 50세 이상 여자들을 대상으로 '객관적인 능력 대 주관적인 불행'을 비교 연구한 뒤, 『절정』에서 자세히 소개했다. 브라질 여자는 대부분 직업에서의 성공과 경제적인 자립을 이루고 고등 교육을 받고 성생활의 자유를 누리면서도, 체중과 몸매와 노화 문제를 지나치게 걱정했다. 몸매가 망가지고 남자가 없으면 혼자 외롭게 살아야 한다는 등 신체, 노화, 남자의 부재에 관한 언급이 대화에 스며들어 있었다. 객관적인 능력과 주관적인 불행 사이의 불일치가 뚜렷하게 나타났다.

반면, 독일 여성들은 객관적인 관점과 주관적인 관점 모두에서 자신을 더욱더 안정적이며 건강하다고 느꼈다. 나이 드는 것을 편하게 받아들였기 때문에 그들은 직업적, 지적, 정서적 성취의 관점에서 인생에서의 이 시기를 풍요로운 단계로 바라보았다. 노화 증상이 나타나고 결혼하거나 연애할 남자가 없어도 전혀 걱정하지 않았다. 신체, 노화, 연애 관계에 관한 독일 여성들의 언급에서는 객관적인 능력과 주관적인 불행 사이에 일관성이 더 크게 나타났다.

　응답자들의 외모를 살펴보았더니, 브라질 여성들이 독일 여성들보다 더 젊고 날씬해 보였다. 그러나 브라질 여성들은 자신을 더 늙고 볼품없다고 생각했고, 남자들에게 저평가된다고 답변했다. 객관적인 능력과 주관적인 불행 간의 괴리로 볼 때, 노화는 브라질 여성들에게 훨씬 더 큰 문제임을 알 수 있다. 그러니 브라질 여성들은 몸매와 의상과 행동을 통해서 더욱더 젊어 보이려고 애쓰는 것이다.

　2013년 리우데자네이루에서 벌어진 사건은 여성의 노화에 대한 브라질 여성들의 편견을 잘 보여준다. 여배우 베티 파리아가 비키니를 입은 사진 몇 장이 인터넷에 올라왔는데, 나잇값도 못하는 멍청한 늙은이라는 비난이 쇄도

한 것이다. 72세의 이 노배우는 몹시 분개했다.

"거울도 안 보는 멍청한 할망구라느니, 성질 더러운 노인네라느니 하는 글을 읽다 보니까 문득 부르카가 떠오르더군요. 그러니까, 당신들은 내가 늙은 몸뚱이를 숨기고 부끄러워하면서 부르카 차림으로 해변에 나가라는 말인가요? 그럼 내 자유는 어쩌고요? 그동안 나는 온갖 다이어트를 시도하고 약물 치료도 받았어요. 내 나이에 맞게 운동도 열심히 했고 온갖 유혹들도 피해왔어요. 그런데 이 나이에도 온몸을 휘감는 부르카를 걸치고 외출하라는 말인가요? 그럼 내 기쁨, 내 즐거움, 내 기분은 어쩌고요?"

인터넷상에서 노배우를 모욕한 사람들의 대부분은 여자였다. 72세 여자의 몸이 왜 그들을 그토록 짜증 나게 했을까? 레일라 디니스가 임신 중에 비키니를 입었던 것처럼, 베티 파리아도 비키니 차림으로 늙은 여성의 몸을 과시함으로써 혁명적인 행동을 자극했던 것일까?

비키니뿐만 아니라 다른 고정관념과 사회적인 편견도 나이 든 여자의 몸을 구속한다. 한번은 74세의 한 치과의사를 인터뷰하면서 나이보다 젊어 보이고 몸매도 멋지다고 말했다가, 당사자의 반응에 깜짝 놀란 적이 있다.

오늘부터 내 맘대로 살겠습니다

"내 손녀는 나더러 꼴불견이래요. 레깅스와 티셔츠, 운동화 차림으로 돌아다니기에는 내가 너무 늙었다는 거예요. 나랑 같이 다니는 게 창피하다면서 나이에 맞게 행동하면 좋겠대요. 그럼 내 나이에는 운동할 때 뭘 입어야 하죠? 손녀가 하도 뭐라고 하니까 이제는 나도 내가 꼴불견인가 싶어요."

61세인 한 교사도 나이 든 여자를 향한 젊은 여자들의 무례함과 편견을 호소했다.

"유명 브랜드의 청바지를 사러 갔는데, 젊은 여종업원이 나를 완전히 무시하더군요. 경멸적인 표정만 봐도 뭐라고 하는지 알겠더라고요. '그 나이에, 그 몸매로 이걸 입겠다고요? 당신의 축 처진 엉덩이에 우리 가게 상표를 달고 돌아다니는 꼴은 못 참겠네요.' 그녀는 세상 모든 여자들에게 가하는 폭력에 자신도 일조한다는 사실을 왜 깨닫지 못할까요? 그런 태도가 미래의 자신에 대한 편견을 더 심화시킨다는 사실을 왜 모를까요?"

페미니스트의 투쟁과 성취가 혼재하는 이 시대에, 우리는 젊은 층이 노년 여성들의 신체와 행동에 대한 편견과 오명을 확대, 재생산하도록 이끄는 개별적인 동기와 사회적인 압력을 이해할 필요가 있다.

　시몬 드 보부아르는 나이 든 사람들이 타인의 눈을 통해서만 늙었다고 느낄 뿐, 내적으로나 외적으로 큰 변화를 겪지 않으므로 노화는 언제나 다른 사람의 일이라고 느끼기 마련이라고 썼다. 그러나 보부아르가 경고하기를, 우리는 모두 나이를 먹기 때문에 노화는 결코 다른 사람의 일이 아니다.

　내가 『늙음은 아름답다!*Velho e Lindo!*』에서 밝혔듯이, 모든 사람을 아우르는 유일한 사회적인 범주는 노년이다. 우리는 남자나 여자, 흑인이나 백인, 동성애자나 이성애자로 분류되지만, 시간이 흐르면 누구나 다 늙는다. 오늘의 젊은 여자는 내일의 노부인이다. 인생의 모든 단계에서, 우리 역시 늙는다는 사실을 의식적으로, 또 진심으로 받아들여야만 여성과 노화에 대한 기존의 두려움과 고정관념과 편견을 극복할 수 있다. 그런 이유로, 나는 나이를 불문하고 모든 여자들이 다음과 같은 문구가 적힌 티셔츠를 입어야 한다고 주장한다. "나도 늙는다! 늙음은 아름답다! 드디어 해방이다!"

　모든 브라질 여성들, 특히 젊은 여성들은 사회적 편견

과 맞서 싸워야 하며, 오늘 마주한 노년 여성이나 훗날 마주할 노년 여성 속에서 자기 자신을 인식해야 한다. 늙음은 결코 다른 사람의 일이 아니다. 노화는 앞으로 마주할 나 자신이다!

나이 드는 것이 두려운가요?

13

나이 들었을 때 누가 돌봐줄까요?

최근 들어 자식을 낳지 않겠다는 여성들이 상당히 늘어났다. 그러나 브라질에서는 이러한 선택이 여성에게 여전히 타당하게 받아들여지지 않는다.

나 역시 자식을 낳지 않겠다고 선택했다는 이유로, 45세 때까지 친구들에게 이런 질문들을 많이 받았다. "나이 들었을 때 누가 널 돌봐주겠니?" 세월이 더 흐르자, 그동안 나를 압박했던 친구들은 내 선택을 존중하고 더는 자식 이야기를 꺼내지 않았다. 심지어 한 친구는 굳이 전화까지 해서, 그것이 나의 인생에서 가장 현명한 선택이었다고 칭찬하기도 했다.

"내가 완전히 틀렸어. 예전에는 네가 엄마가 돼야 한다고 생각했어. 네가 애를 낳지 않은 것을 후회할 거라고, 또 노년에 외로울 거라고 생각했어. 하지만 지금은 네 선택이 참으로 현명했다고 생각해. 자식은 정말 골치 아픈 존재야. 우리를 평생 가둬놓는 감옥 같지. 나는 기생충 같은 두 아들을 더는 못 견디겠어. 그 녀석들은 나한테서 단물만 쭉쭉 빨아먹고 돌아오는 건 아무것도 없어. 고마워하기는커녕 엄마니까 당연히 해야 할 일이래. 자식은 늙은 부모를 부양하지 않아. 나는 죽을 때까지 자식들을 돌봐야만 할 거야."

43세인 한 기자는 '자식을 원하지 않는 여자의 가장 큰 적은 여자일 수 있다'고 말한다.

"내가 엄마 노릇을 하고 싶지 않다니까 친구들이 나더러 미쳤대요. 자식을 낳을지 말지는 선택의 문제이지, 여자의 운명이나 사회적인 의무가 아니라는 것을 이해 못하는 거죠. 내 전남편이나 남자 친구들은 이런 문제로 나를 전혀 압박하지 않았어요. 오히려 내 선택을 존중했죠. 하지만 여자들은 내가 엄마 노릇을 해보지 않고서도 행복하다는 사실을 받아들이지 못해요. 그들은 내가 좌절하고 낭패감을 느끼고 불행할 거라고 생각해요. 내가 자식을 낳고 싶지 않다고 말하면, 그들은 이렇게 물어요. '그럼 입양을 하는 건 어때?' 내가 그럴 생각이 없다고 말하면, 또 이렇게 반문해요. '하지만 돌봐줄 사람이 없으면 노년에 어떻게 살아가려고 그러니?'"

37세의 한 교사에 따르면, 여자들은 아내와 어머니라는 전통적인 역할에서 벗어난 선택을 하는 사람들에게 편견을 품고 공격적으로 대한다.

"함께 일하는 일부 교사들의 상투적인 이야기를 귀가 따갑도록 들었어요. '그렇지만 여자는 모두 엄마가 되도록 태어났어요. 아이를 낳지 않는 것은 순리에 어긋난다고요. 여자의 인생에서 가장 중요한 경험을 놓치는 거예요. 나이 들었을 때 아무도 당신을 돌봐주지 않을 거예요. 홀로 쓸쓸히 늙어갈 거라고요.' 미쳤다느니, 돌았다느니, 이기적이라느니, 비정상이라느니, 문제가 있는 거라느니, 별의별 욕설과 이야기를 이미 다 들어봤어요."

63세의 한 변호사는 자식들이 노부모를 돌볼 것이라고 생각한다면 크나큰 오산이라고 말한다.

"우리 언니는 외아들 때문에 무척 고생하고 있어요. 언니 인생은 생지옥이나 다름없어요. 마흔두 살이나 먹은 조카놈이 아직도 언니에게 빌붙어 사는데, 알코올 중독에 걸핏하면 폭력을 휘둘러요. 언니는 퇴직금을 죄다 그놈 뒤치

다꺼리에 쓰고 있어요. 못된 자식보다 좋은 친구가 훨씬 더 낫다는 내 말을 언니도 이제야 알겠대요. 예전에는 자식을 안 낳을 거라는 내 선택을 비난했거든요."

"나이 들었을 때 누가 당신을 돌봐줄까요?" 내가 이렇게 질문하면, 여자들은 나이에 상관없이 대부분 "나 자신"이라고 단정적으로 대답했다. 그리고 "내 친구들"이라는 답변이 그 뒤를 이었다. 자식을 둔 여자들의 대답도 별반 다르지 않았다.

75세인 한 작가는 자식들보다 친구들이 자신의 독립을 훨씬 더 존중하고 격려한다고 말했다.

"친구들은 나랑 마음이 잘 통해요. 내 가장 큰 자산이자 진정한 가족이죠. 우리는 서로 챙기고 돌봐줘요. 함께 병원에 가고, 연극과 영화도 보고, 강습도 듣고 여행도 다녀요. 친구들과 함께라면 무엇을 하든, 어딜 가든 안심이에요. 의무나 이해관계가 아닌, 애정으로 맺어진 유대는 서로 더욱 존중하고 도와주는 관계를 구축하거든요."

94세의 어느 노부인은 독립 생활을 포기할 수 없어서 이것저것 거들어주겠다는 딸의 호의를 거절했다고 한다.

"내 몸은 내가 챙겨야 한다는 게 내 지론이야. 얼마 전에

오늘부터 내 맘대로 살겠습니다

딸과 여행을 갔을 때도 내 일은 내가 다 알아서 했어. 혈압도 내가 재고, 필요한 물건을 스스로 챙기고, 약도 내가 알아서 먹었어. 자식이 아홉이나 있는데, 특히 딸애들이 도움을 마다한다고 나더러 고집불통이래. 하지만 난 독립된 생활을 포기하고 싶지 않아. 내 몸은 내가 챙기고 싶어."

이 노부인은 항상 친구들과 함께 다닌다고 했다. 교회도 가고 강습이나 강연도 듣고, 출판 기념회도 참석한단다. 게다가 친구들과 함께 있지 않을 때는 손에서 아이패드를 단 1분도 내려놓지 않는다.

"처음에는 아이패드를 마다했어. 하지만 손자들이 굳이 이걸 선물해서 사용법을 알려준 다음부터는 줄곧 사용하고 있어. 요즘에는 인터넷으로 각종 물품도 구입한다니까. 구글 검색도 많이 하고, 신문사 사이트에서 기사도 즐겨 읽어. 페이스북과 인스타그램에 수시로 들어가서 친구들이 올린 글에 '좋아요'도 누르고 댓글도 달아. 자식들이 이제 내가 아이패드를 손에서 놓지 않는다고 투덜댄다니까. 남편을 새로 맞이한 것 같대."

독립적이고 스스로를 돌볼 수 있는 멋진 노인들도 있지만 의지할 데 없는 노인들, 혹은 심지어 자식들과 배우자와 더 나이 든 가족을 도맡아 돌보아야 하는 노인들도 있다는 사실을 간과해서는 안 된다.

「폴랴 지 상파울루」에 실린 "노인이 노인을 돌보다"라는 제목의 기사에 따르면, 상파울루에서 아픈 노인을 돌보는 사람들 중 거의 40퍼센트가 노인이라고 한다. 한 사회복지사는 노인 병원에서 누가 간병인이고 누가 환자인지 구별하기가 어려울 때가 있다고 말했다.

"나이 든 간병인은 힘에 부치는 이 역할 때문에 상당히 스트레스를 받고 심지어는 병에 걸리기도 합니다. 그들은 자신을 다 내려놓고 건강까지 해쳐가면서 다른 사람의 보호자 역할에 매진합니다."

노후에 자식들이 돌봐줄 것이라는 기대는 좌절되기 일쑤이다. 오히려 90세 이상의 응답자들 중 대다수는 자식들, 심지어 손자들까지도 재정적으로 돕고 있었다. 94세의 한 할머니는 우울증에 걸린 딸과 알츠하이머에 걸린 언니까지 돌보고 있었다. 91세의 한 교사는 알코올 중독에 빠진 아들을 돌본다. 암에 걸린 남편과 역시 암 환자인 아들을 돌보는 데에 거의 20년 동안 헌신한 93세의 작가도 있었다.

98세의 한 노부인은 그 연세에도 기력이 좋고 총기가 넘쳤는데, 72세인 아들을 돌볼 수 있도록 100세까지는 살고 싶다고 말했다.

"난 오래, 더 오래 살고 싶어. 적어도 100세까지는 살게 해달라고 날마다 신에게 빌어. 이제는 얼마 안 남았어, 그렇지? 실은 돌봐줘야 하는 내 아들 때문이야. 뇌졸중으로 쓰러졌거든. 난 아들이 털고 일어나서, 다시 혼자 살 수 있기 전까지는 죽을 수가 없어."

요즘에는 60세가 넘으면 고령자로, 80세가 넘으면 초고령자로 구분한다. 우리가 앞으로 따져보아야 할 질문은 다음과 같다. "다른 노인을 돌보는 수많은 노인들은 누가 돌볼 것인가?"

나이 들었을 때 누가 돌봐줄까요?

14

천년만년 살고 싶나요?

「폴랴 지 상파울루」는 "122세 기록 달성! 115세까지는 무난히!"라는 제목의 기사를 실었다. 최근 수십 년간 의학의 눈부신 발달로 기대 수명뿐만 아니라 삶의 질도 높아졌다는 내용이었다.

학부 시절부터 석사, 박사 과정까지를 내가 지도했던 인류학자 페르난다 루즈몬트는 오브리 드 그레이의 생애를 연구했다. 영국의 과학자이자 노년의학 전문가인 오브리 드 그레이는 인간이 1,000세까지 살 수 있을 거라고 주장한다. 그는 20년 내에 노화의 악영향을 최소화하고 치유할 수 있는 약물과 치료법을 개발할 계획이다. 불멸의 선지자로 알려진 이 과학자는 줄기세포와 유전자 치료로 인간의 노화 현상을 멈출 수 있다고 굳게 믿는다. 실제로 그렇게 된다면 우리는 늙고 병들어 남에게 의존하며 살지 않아도 될 것이다.

2017년 브라질에서 열린 한 강연에서, 오브리 드 그레이는 오늘 살아 있는 사람들 대부분이 생물학적으로 결코 늙지 않을 것이라고 말했다. 1,000세 수명을 누릴 인간이 이미 우리 중에 돌아다닌다고도 했다. 그의 이러한 발언은 노화 과정을 연구하는 과학자들 사이에 열띤 논쟁과 비판을 불러일으켰다.

나는 그 논쟁을 기회로 삼아 사람들에게 나의 연구 주제에 관해서 질문을 던졌다. "1,000세까지 살고 싶나요?" 응답자 중 약 70퍼센트는 그렇게 오래 살고 싶지는 않다고 대답했다. 62세의 한 기자는 이렇게 말했다.

"세상에! 난 지금도 감당하기 힘들어요. 자식들, 직장, 가족, 건강, 돈 등 산적한 문제가 얼마나 많은데요. 모든 일에는 한계, 즉 포화점이라는 게 있어요. 사람은 아주 성가신 존재입니다. 나도 물론 성가신 존재고요. 80세까지 살면, 살 만큼 살았다고 봐도 무방합니다."

61세인 한 시스템 분석가도 80세까지 살고 나면 '덤으로 사는 인생'일 것이라고 말했다.

"우리 아버지는 알코올성 간경변으로 52세에 돌아가셨

오늘부터 내 맘대로 살겠습니다

습니다. 어머니는 61세에 암으로 돌아가셨고요. 나는 매일 담배를 2갑씩 피우고 술도 많이 마시지만 운동은 안 합니다. 늙고 병들어서 남한테 의존하는 노인이 될까봐 솔직히 두렵습니다. 난 그저 자식들이 대학을 졸업할 때까지만 살면 여한이 없겠어요."

나머지 30퍼센트는 1,000세까지 사는 것이 가능하다면 무척 행복할 거라고 말했다. 73세인 한 교사는 이렇게 대답했다.

"최대한 오래 살고 싶어요. 물론 슬플 때도 있고 건강 문제도 있지만, 읽을 책도 많고 볼 영화도 많고 소중한 사람도 아주 많아서 사는 동안 지루하거나 지겨울 틈은 없을 거예요. 그들이 내 뇌를 젊은이의 몸에 이식하기를 바란다면, 난 당장 승낙할 거예요. 내 뇌가 스칼렛 조핸슨의 가녀린 몸을 통제한다고 상상해보세요!"

90세를 넘긴 응답자는 모두 1,000세까지 살고 싶어했다는 점을 확실히 짚고 넘어가야겠다.

91세인 한 화가는 '1,000세까지 산다면 정말 끝내줄 것'이라고 말했다.

"나는 시간을 쪼개서 건강을 돌보고, 그림을 그리고, 노

인들을 위한 연극과 음악 프로젝트를 추진하고 있어. 내년
에는 새 여자 친구에게 더 헌신하고 싶고. 내가 관여하는
노인 단체들은 일거리가 너무 많아서 그 일을 다 처리하려
니 몸이 10개라도 모자라. 그들은 내가 일을 그만둘까봐
걱정해. 그 일을 절대로 그만두지는 않겠지만, 데이트와
산책과 여행 등에 시간을 더 쓰고 싶기는 해. 이 모든 일을
다 할 수 있는 시간이 생긴다면 정말 끝내줄 거야."

"우리에게 불멸의 영혼이 있다면, 왜 1,000세까지 살고
싶지 않겠어?"

91세의 한 피아니스트는 내게 반문했다.

"동사무소에 등록된 생년월일은 내가 태어난 날이야.
그러니까 서류상의 나이지. 내 몸과 건강 상태에 해당하는
생물학적인 나이도 있어. 그리고 한 가지 더, 영혼의 나이
도 있지. 영혼은 불멸이라서 태어난 이래로 줄곧 똑같아.
나이가 지긋한 사람은 신체에 문제가 있을 수 있지만, 지
적 활동에 참여하고 인생의 목표가 있다면 그들의 영혼은
여전히 생기가 넘칠 거야. 나는 내 영혼을 멋지고 좋은 것
들로 채우고 싶은 욕구와 열정과 성스러운 욕망이 있어.
사람들과 어울려 살면서 업적을 남기고 사랑을 나누고 싶

어. 우리에게 불멸의 영혼이 있다면, 왜 1,000세까지 살고 싶지 않겠어?"

그녀는 자신이 계획한 인생 목표를 다 달성하려면 1,000년도 부족할 것이라고 말했다.

"난 늙은이가 아니에요. 늙은이는 너무 지쳐서 어떤 목표도 달성할 수 없는 사람이에요. 내 딸들은 나보다 더 늙었어요. 내 기운과 열정과 활력을 도저히 따라오지 못한다니까요. 난 아흔한 살이지만 절대로 늙지 않았어요. 내 인생 목표를 수행하고, 노래와 춤, 피아노 연주와 자선 활동까지 하면서 내 몸과 머리를 한시도 놀리지 않아요. 난 글도 많이 써요. 그동안 쓴 글을 전부 모아서 책으로 출간할 생각도 있어요. 더 성장하고 배우면서 행복하게 살려면 1,000년도 부족할 거예요."

누군가 나에게 "그럼 당신은요? 당신은 1,000세까지 살고 싶으세요?"라고 묻는다면, 나는 대뜸 그렇다고 대답한다. 그 영국 과학자가 노화로 인한 피해를 없애줄 약물과 치료법을 발견해서 내가 늙고 병들어 남에게 의존하며 살지 않아도 되기를 간절히 바란다. 그 교사처럼, 나 역시 내 뇌를 눈 깜짝할 사이에 스칼렛 조핸슨의 가녀린 몸에 이식하는 것에 동의할 것이다.

당신은 어떠한가? 80세면 충분하다는 쪽인가, 아니면 절대로 죽고 싶지 않다는 쪽인가? 가능한 일이라면, 1,000세까지 살고 싶은가?

천년만년 살고 싶나요?

15

어떻게 나이 들고 싶나요?

『멋진 노후』에서 밝혔다시피, 남자와 여자의 노년기 인생
목표는 상당히 다르다. 때로는 둘의 목표가 양립하기 어려
울 수도 있다.

　남자는 가족과 함께 집에서 더 많은 시간을 보내기를 원
한다. 전쟁터 같은 일터에서 오랜 시간 고생했으니, 이제
는 애정이 넘치는 가족의 품으로 돌아오고 싶어한다. 아내
와 자식들과 손자들의 애정과 보살핌을 받고 싶은 것이다.

　여자는 친구들과 여행을 다니고 연극과 영화를 보고 강
습도 들으면서 시간을 보내고 싶어한다. 지금까지 가족과
집안일에 거의 전적으로 헌신했으니, 이제는 자신을 더 돌
볼 시간과 자유를 원하는 것이다.

　"내 인생 목표가 무엇인지 알고 싶지 않아?" 열정이 넘
치는 91세의 노부인이 이렇게 물어보며 이야기를 시작했

다. 나는 그녀의 열정에 감동받아 얼른 대답했다. "네, 할머님의 인생 목표가 무척 궁금해요."

노부인은 틈틈이 회고록을 쓰고, 교회 성가대원으로 활동하며, '요양원'에서 자원봉사를 한다고 말했다.

"날마다 할 일이 엄청 많아. 내 친구들도 다들 활발하게 활동하면서 행복하게 지내. 우리는 교회에 가고 강습을 듣고 연극과 영화도 봐. 여행도 다니고 도움이 필요한 노인들을 돌보기도 해. 주변에 보면 집에서 일없이 텔레비전이나 보고 자식들 흉보는 낙으로 사는 노인들이 있는데, 난 절대로 그렇지 않아."

노부인은 이제 가족의 요구에 응할 의무가 없으니 자신이 좋아하는 일만 한다고 말했다.

"자식들은 나더러 자꾸 일 좀 그만 벌이고 돈도 그만 쓰라고 그래. 막내딸은 자기랑 함께 살자고 하더라고. 천만에. 난 내 자유와 독립이 세상 무엇보다 중요해. 그동안 자식들과 남편, 집안일에 내 평생을 바쳤잖아. 이제는 내 차례야. 나 자신을 돌보면서 그동안 하고 싶어도 못했던 일을 실컷 하면서 살 거야."

뒤늦게 얻은 자유로 행복해하는 여자들이 많았지만, 한

편에서는 삶의 목표가 사라진 것에 씁쓸해하는 여자들도 있었다.

61세의 한 주부는 자기 인생을 일요일 점심으로 즐겨 먹는 닭고기에 비유했다.

"남편은 넓적다리를 먹고 큰아들은 다리를 먹어요. 가슴살은 두 딸이, 날개는 막내가 차지하고요. 나요? 아무도 손대지 않는 목살이 내 차지죠. 내게 필요한 물건은 할인판매할 때만 구입하고, 내 몫은 뭐든 마지막에 남은 것뿐이에요. 그나마 남은 게 있을 때나 내 몫이 있죠."

그녀는 40년 넘는 세월 동안 가족에게 헌신하고 난 후, 이제는 자신이 더 이상 쓸모없는 존재인 것 같다고 했다. 앞으로 마주할 현실이 두렵고, 벌써부터 '빈둥지 증후군'을 겪고 있다고 했다.

"자식들은 죄다 집을 떠났어요. 막내마저 곧 캐나다로 떠날 거예요. 지금까지는 자식들을 돌보기 위해서 살았어요. 내 꿈과 욕구와 목표는 늘 뒷전으로 밀렸어요. 나마저 나를 무시하고 살았으니 오죽했겠어요? 나라고 원래부터 엄마와 아내와 주부 역할만 하면서 살고 싶었을까요? 내가 무엇을 원하는지, 또 행복하려면 무엇이 필요한지 나 자신에게 한 번도 물어보지 않았어요."

그녀는 공허감과 서글픔과 외로움을 어떻게 감당해야 할지 몰랐다. 그녀는 그동안 자신을 항상 뒷전에 둔 것을 후회한다고 고백했다.

"아무리 힘든 시절이었어도 다른 사람 말고 내게 도움이 될 만한 일을 시도했어야 했는데, 그때는 왜 그런 생각을 못 했을까요. 대학에 가서 공부를 더 하고 내 건강을 돌보고 친구들과 여행을 갈 수도 있었을 텐데. 핑계 같지만 당시에는 그럴 시간이나 돈이 없었어요. 이제는 아무도 나를 찾지 않으니, 난 무엇을 해야 할까요? 내 인생의 의미는 무엇일까요?"

나의 연구에 참여한 다양한 나이대의 사람들은 대체로 하고 싶은 일이 많다고 대답했다. 책을 더 읽고, 공부를 하고 글을 쓰고 노래를 부르고, 외국어나 악기를 배우고 스포츠 활동을 하며, 새로운 장소를 찾아가고 자원봉사를 하고 싶다고 했다.

"그렇게 하고 싶은 일들을 그냥 하면 되잖아요." 내가 이렇게 말하면 흔히 이런 답변이 돌아왔다. "시간이 없어요." 잠시 뜸을 들인 후에 이어지는 답변도 거의 똑같았다.

"게다가 돈도 없어요." 그들은 온갖 사회적, 직업적 책무와 가족의 의무를 다하느라 자신을 위한 시간이 없다고 호소했다. 가족과 배우자, 부모와 형제, 친구와 동료를 돌보고 그들의 욕구를 채워주는 데에 시간을 다 쓰거나 혹은 허비하기 때문에 진이 빠졌다고 했다.

"나이가 더 들면 나를 즐겁고 행복하게 해줄 일을 할 시간이 날까요? 은퇴하면 내가 원하는 일과 좋아하는 일을 할 수 있을까요? 자식들이 독립해서 집을 떠나면 내 꿈을 이룰 수 있을까요? 나이가 더 들면 나 자신을 위한 시간이 더 있을까요?"

우리는 꿈과 소망 그리고 자잘한 목표들을 이루기 위해서 왜 이토록 오랜 세월을 기다려야 할까?

62세의 한 심리학자는 '많은 이들이 너무 게을러서 인생의 목표를 달성하지 못하면서도 시간이 부족하다는 핑계를 댄다'고 말한다.

"우리는 하고 싶은 일이나 완수해야 할 목표를 과감하게 밀어붙이지 못하면서, 그저 시간이 부족하다고 둘러댑니다. 우리는 거절할 용기가 없습니다. 남들의 욕구를 먼저 채워주느라 정작 자신의 욕구는 채우지 못합니다. 자신의 인생 목표에 시간을 내려면 위험을 감수해야 하고 많은 노력을 기울여야 합니다. 자신을 위한 시간의 주인 노릇을 하기보다는 타인을 위한 시간의 노예가 되는 편이 더 쉽지요."

그녀는 '싫다고 말할 용기를 가지고 자신이 진정으로 원하는 일에 시간을 우선적으로 할당하려면, 성숙함이 필요하다'고 강조했다.

"나는 싫다고 말하지 못하는 바람에 매번 끔찍한 사람들과 쓸데없는 일에 시간을 허비하곤 했습니다. 바보 같은 일이었어요. 그런 이유로, 남은 시간만큼은 최대한 알차게 활용할 생각입니다. 내가 오늘 할 수 있고 또 하고 싶은 일을 더는 내일로 미룰 수 없습니다. 인생은 짧고 시간은 순식간에 지나갑니다. 나는 너무 오랫동안 타인을 신경 쓰느라 정작 나 자신을 잊고 살았습니다."

우리는 간혹 중병에 걸리거나 가까운 사람의 죽음을 목격하는 등 극적인 사건을 겪고 나서야 시간의 가치를 인식한다. 62세인 한 엔지니어의 사례를 살펴보자.

"나는 친한 친구가 죽고 나서야 단순한 사실을 알아차렸습니다. 나를 돌보는 일이 더 큰 기쁨을 준다는 것을요.

오늘부터 내 맘대로 살겠습니다

행복해지는 데 많은 것이 필요하지는 않더군요. 내 소중한 시간을 앗아가는 단체 채팅 방과 페이스북 등을 싹 정리했습니다. 내 시간을 가치 있게 써야 할 곳은 어디일까요? 그건 바로 사랑하는 사람들과 친구들, 그리고 내가 행복하게 수행하는 일뿐입니다."

67세의 한 임원은 내게 '가브리엘라 증후군'을 들어본 적이 있느냐고 물었다.

"나는 슈퍼맨이라도 되는 양 죽음에 대해서는 전혀 생각해보지 않았습니다. 그저 열심히 일해서 돈만 벌면 그만이라고 생각했습니다. 사람들이 나더러 건강을 돌보지 않는다고 비난할 때, 나는 도리바우 카이미의 노래 「가브리엘라*Gabriela*」를 흥얼댔지요. '난 이렇게 태어났어. 난 이렇게 자랐어. 난 원래 이런 사람이야, 앞으로도 늘 이럴 거야.'"

그러나 죽을 고비를 넘긴 후, 그는 삶의 새로운 의미를 발견했다.

"건강에 심각한 문제가 생겨서 거의 죽을 뻔했습니다. 그 일을 계기로 내 인생이 송두리째 바뀌었죠. 돈이 뭡니까? 권력이나 사치품이 무슨 가치가 있습니까? 나는 다시 태어나게 된 것을 하느님께 매일 감사드립니다. 새로운 인생 목표를 세우고 내 존재의 의미를 찾았습니다. 지금은 노인들을 위한 디지털 교육 과정에 몸담고 있습니다. 노인들이 멀리 떨어져 사는 자식들과 이야기하려고 컴퓨터 활용법을 배우면서 즐거워하는 모습을 보면 정말 흐뭇합니다. 이렇게 행복했던 적이 없어요."

91세의 한 화가는 지금도 다양한 일을 수행하고 있으며, 인생이라는 직무에서 결코 은퇴하지 않을 것이라고 말했다.

"난 오랫동안 돈을 벌기 위해서 일하지는 않았어. 내 일에 대한 열정으로 일했지. 지금도 그 열정 때문에 그림을 그리고, 노인 모임 두 곳에서 운영자로 활동하고 있어. 자식들은 나더러 이제 그만 좀 쉬라고 하지만, 난 일을 멈추면 우울해질 것 같아. 아무 쓸모도 없고 가치도 없는 사람이 되는 거잖아. 난 예순다섯인 젊은 여성과 사귀고 있어. 난 늙지 않았고, 인생이라는 직무에서 결코 은퇴하지 않을 거야."

그는 나이 든 사람의 계획은 단순하고 즐겁고 단기간에 끝나야 한다고 주장했다.

"행복은 우리 안에 있는 본질이야. 요트를 몇 척이나 가진 백만장자라도 행복하지 않으면 다 소용이 없어. 행복

오늘부터 내 맘대로 살겠습니다

이야말로 인생에 기쁨과 즐거움을 선사하지. 내면을 깊이 파헤쳐서 당신이 하고 싶은 일을 찾아야 해. 사람들과 어울리고 갖가지 계획을 추진하는 것이 좋아. 그런데 나이 든 사람의 계획은 단기간에 끝나야 해. 5년이나 10년짜리는 곤란해. 은행에서 돈을 빌려 사업을 벌이는 것도 곤란하지. 노인은 단기적인 목표를 세우는 것이 좋아. 오늘은 뭐 할까? 내일은 뭐 할까? 한 일주일 정도 걸리는 일이면 충분해. 난 여자 친구와 영화를 보러 가고, 노인 모임에 가고, 그림을 그릴 거야. 이런 것들이 바로 내가 살아 있는 이유요, 앞으로도 오래오래 더 살고 싶은 이유니까."

나는 오랜 세월 동안 노화와 행복에 관한 연구에 푹 빠져 지내면서 수시로 나 자신에게 이런 질문을 던진다.

"나이 들었을 때 어떤 사람이 되고 무엇을 할 것인가? 내 인생 목표는 무엇인가?"

20세를 갓 넘겼을 때부터 나는 노년기에 관해서 깊이 연구하고 글을 쓰겠다고 마음먹었다. 그런데 마음과 달리 꽤 오랜 시간이 흐른 뒤인 2005년에 이르러서야 "신체와 노화와 행복"을 연구하기 시작했고, 2015년 이후로는 90세를 넘긴 노인들만 연구하고 있다. 내가 요즘 연구하는 대상은 멋진 노후를 보내는 분들이다. 정신이 또렷하고 몸도 건강해서 독립적으로 활발하고 행복하게 사는 분들 말이다. 나는 앞에서 했던 여러 연구들보다 이 멋진 노인들에게서 행복에 관해 훨씬 더 많이 배운다.

최근에 93세의 한 작가는 내게 "노인들의 진정한 경청자"라는 애칭을 붙여주었다.

"자네는 노인들의 진정한 경청자야. 우리가 하는 말에 진심으로 귀를 기울이고, 우리의 인생 이야기에 호기심과 관심을 보이거든. 자네는 의사나 심리학자나 치료사와는 달라. 자네는 애정을 담아서 사려 깊고 진지하게 우리 얘기를 들어주지. 요즘에는 자네 같은 사람이 아주 드물어. 그러한 경청은 사람의 영혼에 깊은 감동을 주지."

나는 노인의 말을 경청하는 사람으로 불리는 것이 좋다. 그러나 노인과 나의 관계는 단순히 말을 잘 듣는 사이로 끝나지 않는다. 그 관계는 상호 평등과 존경과 우정으로 맺어진 끈끈한 사이가 된다. 그들은 내게 거의 매일 전화하고 페이스북이나 메신저로 메시지를 보낸다. 우리는 함께 수다를 떨고 피자를 먹고 맥주를 마시고 음악을 듣고 연극과 영화를 보러 간다. 그들처럼 지적이고 독립적이고

오늘부터 내 맘대로 살겠습니다

고무적인 사람들과 함께 시간을 보낼 수 있다니, 나에게는 크나큰 기쁨이자 특권이다.

90세가 넘은 친구들을 사귄 이후로, 지금 내가 하는 일이 천직으로 느껴졌다. 그들과 소통하면서 내가 나이 들었을 때 어떤 사람이 되고 무엇을 하고 싶은지를 깨달았다. 나는 노인의 말을 진심으로 경청하는 사람이 되고 싶다.

남편도 나이 든 사람들과 어울리는 것을 굉장히 좋아한다. 그들을 1주일만 만나지 못해도, 남편은 "아, 소중한 친구들이 그리워"라며 아쉬워한다. 그 즉시, 우리는 환상의 4인조에게 연락한다. 95세인 카넬라와 게디스, 91세인 게티와 날바. 우리는 일요일 밤마다 게티와 날바의 멋진 피아노 연주를 들으며 이야기꽃을 피운다.

2018년 7월, 나는 게티의 90번째 생일과 카넬라의 95번째 생일을 함께 기념하는 자리에 초대받았다. 이 부부의 외동딸인 루시아가 내게 축하 연설을 해달라고 청했다. 그날의 축하 연설은 이 부부를 만난 이후 노화와 행복에 관한 나의 연구가 밟아온 길을 고스란히 보여준다. 그 헌사를 여기에 소개하고 싶다. 내가 90대 노인 친구들에게 바치는 감사 인사이다.

2015년 초에 게티를 만난 건 제게 엄청난 행운이었어요. 슈퍼마켓에서 게티가 연주하는 피아노 선율에 홀딱 반했거든요. 우리는 몇 마디 얘기를 나누다가 금세 친구가 되었어요. 서로 마음이 통했던 거죠. 곧이어 게티의 남편인 카넬라도 만났어요. 카넬라는 텔라두 브랑쿠 그리고 셀와라는 음악 모임에서 탬버린을 연주하시죠. 노래와 춤도 수준급이고요.

게티가 내게 날바를 소개해줬어요. 절친한 사이인 두 분은 훌륭한 피아니스트입니다. 악보 없이도 클래식 음악에서 세레나데, 탱고, 삼바, 초로(브라질에서 유행하는 삼바 음악의 한 유형―옮긴이)까지 못하는 연주가 없어요. 음악에 대한 두 분의 열정은 너무나 뜨거워서 주변 사람들에게도 금세 전염됩니다. 게다가 두 분은 글솜씨도 출중해서 벌써 회고록과 시집을 출간했어요.

게디스는 카넬라가 소개해줬어요. 게디스는 기억력이 비상하고 세상사를 두루 꿰고 있죠. 한번은 브라질과 리우데자네이루의 역사에 관한 책들을 권해드렸는데, 순식간에 다 읽으시더군요. 어려운 암산도 척척 해내고, 정치를 논하는 것도 좋아해요. 게디스의 호탕한 웃음소리를 들으면 내 마음은 기쁨으로 가득 찹니다.

카넬라는 나를 누군가에게 소개할 때마다 "이 친구는 나이 든 사람들만 좋아한다네"라고 말합니다. 그럼 게티가 덧붙이죠. "미리안은 노인 친구들을 진심으로 아끼고 사랑해요." 맞습니다. 나는 노인 친구들을 진심으로 아끼고 사랑하고, 또 존경합니다. 마르코스 발레가 "서른을 넘긴 사람은 신뢰하지 말라"고 노래했다면, 나는 "아흔이 안 된 사람은 신뢰하지 않는다"라고 노래하렵니다.

게티와 카넬라, 날바와 게디스를 만난 이후로 내 인생의 방향이 바뀌었습니다. 멋진 노후에 대한 연구로 끝났을 일이 결국에는 인생 목표로 발전했습니다. 이 4인조를 만난 이후로, 90대 노인을 30명 넘게 인터뷰했습니다. 그분들과도 좋은 친구로 지내고 있습니다.

나의 소중한 친구들에게 고마운 마음을 전합니다. 여러분은 내게 더 기쁘고 너그럽고 지혜롭게 사는 법을 알려주었습니다. 여러분은 나의 노후를 위해 최고의 선물을 주었습니다. 그건 바로 인생의 모든 단계에서 나의 목표와 우정과 열정을 향유할 수 있다는 확신입니다. 이토록 멋진 인생 교훈을 알려주어서 정말 감사합니다.

어떻게 나이 들고 싶나요?

16

인생에 감사를 느끼나요?

'늙음은 아름답다'는 내 말을 듣고, 소중한 친구인 날바는 이렇게 반박했다. "난 늙은이가 아니라 가을꽃이야." 날바는 호적상 91세이지만 19세처럼 느낀다는 사실에 하느님께 감사를 드린다.

"생일 파티에서 '난 열아홉입니다!'라고 말했더니 다들 박수를 보내줬어. 정말로 열아홉처럼 느끼기 때문에 난 늙은이가 아니라 가을꽃이라고 말하는 거야. 호적상으로는 아흔하나지만, 삶의 의욕과 기운이 넘치니까 열아홉이나 마찬가지야. 늙지 않았다는 증거를 알려줄까? 난 젊은이들처럼 춤추고 노래하는 게 좋아. 피아노 연주와 여행도 좋아하고 친구들과 어울리는 것도 좋아해. 생일날 친구들한테 '여러분, 난 무척 행복해요!'라고 말했어. 진짜로 행복하니까. 내게 행복을 주시는 하느님과 성모 마리아에게 항상 감사해. 앞으로도 오랫동안 이 행복이 지속되기를 바라. 사람들이 그러더군, 내가 100세까지 살 거라고. 내가 떠날 날은 언제일까? 내 인생의 막은 언제 내려올까? 누가 알겠어. 하느님만 아시겠지."

90세를 넘긴 나의 연구 대상자들이 모두 행복하게 지내고 감사한 마음으로 살아가는 모습을 보면 가슴이 뭉클하다. 그들은 몸이 건강하고 정신이 또렷하며 독립적으로 살아갈 수 있다는 점에 신께 감사드린다. 아울러 늙었다고 느끼지 않는다는 점에도 (아니면 정말로 늙지 않아서?) 감사드린다.

98세의 한 주부는 '뒤늦게 인생을 꽃피게 해주신 하느님께 감사드린다'라고 밝혔다.

"남편을 먼저 데려가신 뒤, 하느님이 내게 새로운 기회를 주셨어. 예전에 나는 남편과 자식들과 가정이라는 울타리 안에서 편안하게 살았어. 그 울타리가 허물어졌을 때는 세상이 무너지는 것 같았지. 그런데 교회에서 만난 친구가 내게 창의적인 글쓰기 과정을 들어보라고 권했어. 난 벌써 책을 1권 출간했고, 지금 또 1권을 준비하고 있어. 글쓰기 과정을 들은 후에 내 인생이 활짝 피어났어. 다시 태어난

오늘부터 내 맘대로 살겠습니다

것 같아. 그동안 내 안에 움츠려 있던 자아가 기지개를 펴고 깨어나는 것 같아. 이제야 진정한 나를 찾았어. 늦게나마 내 특기를 찾아 얼마나 좋은지 몰라. 난 정말 기쁘고 행복해. 하느님께 진심으로 감사드려. 앞으로도 오래오래 살고 싶어. 아니, 영원히 죽고 싶지 않아. 나를 데려가야 할 날이 온다면, 억지로 끌고 가야 할 거야."

93세의 한 작가는 '살아 있다는 건 신의 축복이다'라고 말했다.

"나는 살면서 받은 선물들, 특히 건강한 몸으로 매일 아침 침대에서 선뜻 일어날 수 있다는 사실에 하느님께 감사드려. 내가 가장 좋아하는 일을 여전히 할 수 있는데, 왜 불평하겠어? 맑은 정신으로 독립해서 사는 것이 하느님의 선물임을 모르는 못된 할망구들처럼 내 남은 인생 동안 불평만 늘어놓으며 살라고? 천만에! 암을 이기고 나서 나는 오늘이 내 인생의 첫날이자 마지막 날인 것처럼 음미하면서 하루하루 살고 있어. 내 손녀가 감사 의식을 치르는 법과 평온을 구하는 기도를 알려줬어. '주여, 내가 바꾸지 못하는 것을 받아들이는 평정심과 바꿀 수 있는 것을 바꾸는 용기와 그 둘을 분별할 수 있는 지혜를 주시옵소서.'"

인생에 감사를 느끼나요?

나도 날마다 감사 의식을 치른다. 내가 사용하는 컴퓨터 화면에는 엄마 무릎에 앉아 있는 어린 소녀의 사진이 있다. 소녀의 앞쪽에는 초가 4개 꽂힌 생일 케이크가 놓여 있다. 나는 아침에 눈뜨자마자, 그리고 잠자리에 들기 직전에 항상 이 애처로운 소녀에게 말을 건다.

소녀는 4세 때에 이미 글을 읽고 쓸 줄 알았다. 13세에는 아버지의 서재에 있는 책을 전부 읽었다. 장-폴 사르트르와 지크문트 프로이트, 멜라니 클라인, 에리히 프롬, 필립 로스의 책은 물론이요, 홀로코스트에 관한 이야기까지 모두 읽었다. 소녀는 신체 폭력과 언어 폭력이 난무하는 현실에서 자신을 보호하고자 책의 세계로 피신했다. 루마니아 출신 아버지는 폭력을 휘두르기는 했지만 총명하고 교양 있는 사람이었다. 폴란드 출신 어머니는 남편이 법학 과정을 밟아 산토스에서 유명한 변호사가 될 수 있도록 뒷바라지를 열심히 했다. 어머니는 고등학교도 마치지 못해 좌절감이 컸다. 어렸을 때는 부모님과 세 자매를 도와 제과점에서 일해야 했고, 결혼한 후에는 여성복 매장에서 일하며 남편의 학비를 대고 아들 셋과 딸 하나를 키워야 했다.

소녀의 어머니는 유방암으로 2년간 투병한 뒤 62세를 일기로 세상을 떠났다. 소녀는 어머니가 너무 보고 싶어 견딜 수 없었다. 특히, 잠을 이루지 못해 뒤척일 때마다 포근히 감싸주던 어머니의 품이 너무나 그리웠다. 소녀는 딸이 자신과는 완전히 다른 인생을 구축하도록 이끌어준 어머니에게 고맙다는 말을 할 수 있기를 바랐다. 생지옥 같은 곳에서 어머니를 지켜주거나 구해줄 힘이 없었음에 용서를 구하고 싶었다.

20년 넘는 세월 동안 딸과 아버지는 말 한마디 나누지 않았지만, 어머니가 떠난 이후 둘은 좋은 친구가 되었다. 부녀는 이스라엘로 여행을 떠날 계획이었다. 그런데 그때 아버지가 췌장암 진단을 받았다. 아버지는 67세였다. 아버지가 암 진단을 받은 날부터 세상을 떠난 날까지, 딸은 아버지를 한순간도 홀로 두지 않았다. 아버지는 100일간 10킬로그램이 빠져서 42킬로그램밖에 나가지 않았다. 아버지의 장례를 치르고 리우데자네이루로 돌아오는 비행기에서, 딸은 꿈을 꾸었다. 꿈속에서 아버지는 딸에게 부탁했다. "애야, '100일간의 비애'라는 제목의 책을 써다오."

이 깡마른 소녀가 인생길을 선택하는 데에는 폭력적인

인생에 감사를 느끼나요?

가정환경 말고도 결정적인 계기가 하나 더 있었다. 소녀는 늘 남들과 다르게 느껴져서 괴로웠다. 다르다는 것은 정상으로 여겨지는 친구들 사이에 끼지 못한다는 뜻이다. 그 친구들은 하나같이 행복했고 (또는 행복한 것 같았고) 모두에게 사랑받았다. 소녀는 크리스마스 선물을 받지 못했고, 축제 기간이 지나면 아이들에게 자랑할 장난감이 없어서 창피했다. 소녀의 부모는 만나기만 하면 소리치고 싸웠는데, 무엇 때문에 싸우는지 자식들에게 알리지 않으려고 집에서는 이디시어로만 말했다. 학교 친구들은 소녀의 색다른 이름과 유대인 성을 두고 놀렸다. 소녀는 남들과 다르다는 것이 싫었다. 그냥 모니카, 루시아나, 파트리시아, 아나, 마리아 같은 평범한 이름이기를 바랐다. 소녀는 집에서도, 밖에서도 늘 없는 사람처럼 철저히 배척되고 거부당하는 기분이었다.

16세에 소녀는 학업을 위해서 다른 도시로 떠나면서 날마다 글을 쓰기 시작했다. 습관인지 중독인지, 지금도 여전히 글을 쓴다. 옷장에는 그동안 쓴 공책이 100권 넘게 쌓여 있다. "일기장을 다시 들춰보세요?"라고 누가 물으면, 그녀는 한 줄도 읽지 않는다고 대답한다. 그녀에게 일기는 단순한 일상의 기록을 넘어, 자신을 돌아보고 분노를 발산하고 위안을 얻는 수단이다. 자기 자신과 나누는 친밀한 대화인 셈이다. 그녀는 집을 나설 때면 열쇠나 지갑이나 휴대전화는 두고 나가기도 하지만, 종이와 펜은 절대로 잊지 않는다. 며칠 동안 먹지도, 자지도, 누구와 이야기하지도 않을 수 있지만, 16세 이래로 글을 쓰지 않고서는 단 하루도 보낼 수 없었다. 20년 넘게 심리 치료를 받고 있는데, 처음 만났던 치료사는 그녀에게 글은 이제 그만 쓰고 인생을 살라고 권했다. 그녀는 그 충고를 따르지 않고, 지금까지도 강박적으로 글을 쓴다. 예나 지금이나 글쓰기가 최고의 치료법이기 때문이다. 무슨 문제가 생기면, 그녀는 일기장에 자신이 느끼는 바를 적고 해결책을 찾는 데에 도움이 될 질문을 던졌다. 그래야 마음이 진정되었다.

소녀는 옛날부터 말하는 것보다 보고 듣는 것을 더 좋아했다. 노는 것보다 읽고 쓰는 것을 더 좋아했다. 보고 듣는 것과 읽고 쓰는 것을 좋아하다 보니, 직업도 그와 관련된 일을 선택했다. 소녀는 결국 인류학자가 되어, 자신이 가장 좋아하는 일을 깊이 연구하고 또 가르칠 수 있게 되었다. 남들과는 다른 것 같아 정상인들 사이에서 늘 배척당하는 바람에 고통받는 사람들의 대화와 행동과 가치관을 연구하고 파악하는 일이다.

우리는 살아가는 내내 변하지만 어렸을 때부터 존재하던 정체성을 결코 잃지 않는다고 했던 시몬 드 보부아르의 말을 다시 새겨볼 필요가 있다. 나이가 들어서도 우리는 예전의 그 어린아이 모습을 결코 잃지 않는다.

컴퓨터 화면에 뜬 사진을 거울처럼 바라볼 때면, 나는 그때나 지금이나 내가 책을 탐독하고 글쓰기를 좋아하는, 불안하고 수줍고 내성적인 소녀임을 깨닫는다.

나는 하루를 마감하면서 항상 일기에 "고맙고, 고맙고 또 고마워"라고 적는다. 과격한 폭력이 난무하던, 어렵고 힘겨웠던 시절마저 고맙다. 그 시절 덕분에 나는 힘들 때마다 가장 좋아하는 일을 할 자유와 그 일을 즐겁게 수행할 행복을 위해서 힘껏 노력하는 여자가 되었다. 매일 잠에서 깨자마자, 그리고 잠자리에 들기 직전에 나는 늘 저 안쓰러운 소녀에게 고마움을 표한다. 와인을 마실 때면 소녀에게 경의를 표한다. 인생을 위해서, 건배!

인생에 감사를 느끼나요?

17

더, 더 행복해지고 싶나요?

16세에 나는 내 인생의 여정을 완전히 바꿔놓은 책을 읽었다. 『제2의 성』. 이 책의 마지막 장인 "해방" 편을 읽으면서 느꼈던 충격이 아직도 생생하다. 그 충격은 나의 개인적인, 그리고 직업적인 선택에 큰 영향을 미쳤다. 이 마지막 편에서, 시몬 드 보부아르는 독립적인 여성, 즉 자신의 경제적, 사회적, 심리적, 지적 자율성을 위해서 싸우는 별난 여성이 저절로 태어나는 것이 아님을 보여주었다. 자유로운 여성의 삶이 더욱 힘겹다면, 그것은 그들이 자신의 처지에 안주하지 않고 맞서 싸웠기 때문이라고 보부아르는 주장했다.

정교수가 되었다는 소식을 들었을 때, 나는 시몬 드 보부아르의 자전적인 에세이, 『얌전한 딸의 회상 *Mémoires d'une Jeune Fille Rangée*』에서 한 구절을 인용했다.

"내가 왜 글을 쓰기로 결심했냐고? 나는 밤이, 망각이 두려웠다. 내가 보고 느끼고 사랑했던 모든 것에 대해 침묵하고 있자니, 참으로 절망스러웠다. 달빛에 이끌린 나는 곧 종이와 펜을 집어 들고 뭐라도 끼적이고 싶었다. 내 인생사를 바탕으로 작품을 씀으로써, 나는 나 자신을 재창조하고 내 존재를 정당화할 수 있었다."

내가 얌전한 딸이 될 운명이었다면, 시몬 드 보부아르의 작품은 나를 불량한 인류학자가 되게 했다. 보부아르는 내가 인류학 분야에서 파격적인 방식으로 글을 쓰는 데에 가장 큰 영감을 주었다. 그리고 그보다 훨씬 더 중요하게, 내 자유를 위해서 끊임없이 싸우도록 부추겼다.

『계약 결혼*La Force de l'âge*』에서, 시몬 드 보부아르는 자유에 대한 욕망과 더불어 "행복에 대한 정신분열적인 고집"이 있다고 밝혔다.

"평생토록 나만큼 행복에 대한 재능을 타고난 사람을 만나지 못했다. 나만큼 고집스럽게 행복에 집착하는 사람도 만나지 못했다. 행복을 처음 맛보자마자 행복은 나의 유일한 관심사가 되었다."

나는 일찍부터 글쓰기에서 나의 존재 의미를 찾게 될

줄 알았다. 아울러 나 역시 "행복에 대한 정신분열적인 고집"이 있다는 것도 알았다. 지금까지 했던 연구와 썼던 글에서, 나의 유일한 관심사는 더 자유롭고 더 행복하게 사는 법을 찾는 것이었다.

시몬 드 보부아르는 "여자는 태어나는 것이 아니라 길러지는 것이다"라고 주장했다. 나는 이 책에서, "행복은 타고나는 것이 아니라 길러지는 것이다"라는 사실을 확실히 보여주고 싶다.

더, 더 행복해지고 싶나요?

Beauvoir, Simone. *Memórias de uma moça bem-comportada*(*Mémoires d'une Jeune Fille Rangée*). Rio de Janeiro:Nova Fronteira, 1983.

_____. *A velhice*(*La Vieillesse*). Rio de Janeiro:Nova Fronteira, 1990.

_____. *A força da idade*(*La Force de l'âge*). Rio de Janeiro : Nova Fronteira, 2018.

_____. *O segundo sexo*(*Le Deuxième Sexe*). Rio de Janeiro : Nova Fronteira, 2019.

Goldenberg, Mirian. *A Outra;um estudo antropológico sobre a identidade da amante do homem casado*. Rio de Janeiro:Revan, 1990.

_____. *Toda mulher é meio Leila Diniz*. Rio de Janeiro:Record, 1995.

_____. *A arte de pesquisar:como fazer pesquisa qualitativa em ciências sociais*. Rio de Janeiro:Record, 1997.

_____. *Coroas:corpo, envelhecimento, casamento e infidelidade*. Rio de Janeiro:Record, 2008.

_____. *Por que homens e mulheres traem?* Rio de Janeiro:BestBolso, 2010.

_____. *A bela velhice*. Rio de Janeiro:Record, 2013.

_____. *Homem não chora, mulher não ri*. Rio de Janeiro:Nova Fronteira, 2013.

_____. *Velho é lindo!* Rio de Janeiro:Civilização Brasileira, 2016.

_____. *Por que os homens preferem as mulheres mais velhas?* Rio de Janeiro:Record, 2017.

번역가는 배우와 비슷한 직업이 아닌가 생각한다. 배우가 드라마나 영화에서 맡은 역할에 푹 빠져 살듯이, 번역가도 해당 작품의 저자 입장에서 보고 생각하려고 애쓰기 때문이다. 번역할 때는 그 책에 푹 빠져 살지만 원고를 넘기고 나면 바로 머리를 리셋한다. 그래야 다음 작품에 집중할 수 있기 때문이다.

그동안 미천한 실력에 비해 과도한 평가를 받은 덕분에 70권 넘는 책들을 번역했다. 임신과 출산, 육아, 아동 심리, 청소년 지도, 각종 자기계발서, 노후 대책, 뇌과학, 스릴러 등 다양한 주제의 작품을 옮기는 과정에서 인생의 희로애락을 간접적으로 경험했다. 인간의 탄생에서부터 죽음에 이르기까지 여러 분야를 두루 다루어오면서, 저자의 생각이 술술 읽히는 책도 있었지만 무슨 말을 하는지 종잡을 수 없어서 머리를 쥐어뜯은 책도 있었다.

다행히 이번 작품은 나와 비슷한 나이의 저자가 평범한 사람들을 인터뷰하면서 행복을 찾아가는 과정을 다룬 책이라 저자에게 공감하며 마치 내 생각을 써내려가듯이 옮겨 적었다. 외국 항공사 승무원으로 근무한 덕분에 세상 구경을 실컷 해봤지만, 남아메리카는 가보지 못한 유일한 대륙이다. 남아메리카의 국가들 중에서도 브라질 저자의 작품을 옮기면서 내가 이토록 격하게 공감할 줄은 미처 몰랐다.

나는 브라질에 관해서 삼바 축제와 축구로 유명하고 대다수 남아메리카 국가들과는 달리 포르투갈어를 사용하는 나라라고만 알고 있었다. 거기에 더해, 친한 친구가 브라질 교포와 결혼하면서 주워들은 몇 가지 일화가 내가 아는 브라질의 전부였다. 상파울루에 거주하는 그 친구는 처음 브라질에 갔을 때 눈 호강을 제대로 한다고 자랑하곤 했다. 정육점에 가면 고기 썰어주는 남자들이 죄다 크리스티아누 호날두처럼 생겼다나!

다시 말해 브라질에 대한 배경 지식이 거의 없는 상태에서 책을 펼쳐 들었는데, 웬걸 그들의 삶은 우리와 별반

다를 것이 없었다. 특히 여성들의 삶은 저자가 한국인 여성을 인터뷰하고 책을 썼나 싶을 정도로 비슷했다. 이 책의 저자인 미리안 골덴베르그는 어렸을 때부터 책을 끼고 살았고, 어려운 환경에서도 어머니의 희생과 지원으로 사회인류학 박사 학위를 따서 젊은 나이에 리우데자네이루 연방 대학교 교수에 올랐다. 미리안은 아버지의 학대와 어려운 가정 형편, 유대인 출신이라는 놀림을 받으면서도 평생 일기를 쓰면서 행복을 탐구했다.

이 책은 "행복해지고 싶나요?"로 시작해 "더, 더 행복해지고 싶나요?"로 끝난다. 저자는 행복에 관해서 뜬구름 잡는 이야기를 들려주거나 전문가입네 하면서 이래라저래라 지시하지 않는다. 그냥 나와 똑같은 평범한 사람들의 인생 이야기를 들려주며 행복해지려면 어떻게 해야 하는지 독자가 스스로 찾아가도록 이끈다. 브라질 사람들의 이야기이지만 전혀 이질적으로 느껴지지 않는다. 우리도 똑같은 고민을 하면서 살아가기 때문이다.

열일곱 장*을 한달음에 옮겼지만, 독자 입장에서 읽어볼 때는 한 장 한 장 아껴가며 읽고 싶다. 눈가에 생기는 잔주름을 보면서 보톡스를 맞을까 고민될 때에는 "지금 행복 곡선의 어디쯤에 있나요?"를 읽을 것이다. 주변 사람들 때문에 피곤할 때에는 "감정을 빨아먹는 흡혈귀를 차단할 수 있나요?"를 읽을 것이다. 남들과 비교해서 초라하게 느껴질 때에는 "더 행복해지려면 무엇이 있어야 할까요?"를 읽을 것이다. 노후가 걱정될 때에는 "어떻게 나이 들고 싶나요?"를 읽을 것이다. 살아가면서 힘들 때마다 들춰볼 책이 있으니, 참으로 든든하다.

이 책의 원고를 넘길 때는 머릿속에서 리셋 버튼 대신 세이브 버튼을 눌렀다!

2020년 겨울
옮긴이 박미경

오늘부터 내 맘대로 살겠습니다